한실 문예창작 동인지 제12집

# 그대는 나의 누구인가

# 그대는 나의 누구인가

1판 1쇄 : 인쇄 2017년 06월 10일
1판 1쇄 : 발행 2017년 06월 15일

지은이 : 한실 문예창작
펴낸이 : 서동영
펴낸곳 : 서영출판사

출판등록 : 2010년 11월 26일 제 (25100-2010-000011호)
주소 : 서울특별시 마포구 성미산로 187, 아라크네빌딩 5층
전화 : 02-338-7270 팩스 : 02-338-7161
이메일 : sdy5608@hanmail.net

그　림 : 박덕은
디자인 : 이원경


ISBN 978-89-97180-73-8 04810
ISBN 978-89-97180-00-4(set)

한실 문예창작 동인지 제12집

# 그대는 나의 누구인가

2017 · 서영

# 머리말

1989년 1월에 출발한 한실문예창작은 한꿈 문학회와 바로 문학회로 나눠져 있다. 바로 문학회는 온라인 문학회이고, 한꿈 문학회는 오프라인 문학회이다. 바로 문학회에는 바로 문학회와 꽃스런 문학회로 이뤄져 있고, 한꿈 문학회는 향그런 문학회, 부드런 문학회, 푸르른 문학회, 탐스런 문학회, 온스런 문학회, 덕스런 문학회, 포시런 문학회, 꿈스런 문학회 등으로 이뤄져 있다.

지금까지 340여 명의 작가를 배출했고, 동인지 12권, 문우들의 개인 저서들이 100여 권에 이르고 있다.

여기에 아프리카Tv “낭만대통령의 문학토크”를 통하여서도 작가를 배출하고 있는 중이다. 2015년 5월 23일에 방송을 시작한 이래 지금까지 2년 동안 2,000여 편의 작품들을 발표해 오고 있다.

그동안 전국구 문학상도 178개나 수상했다. 항공 문학상, 여수 해양 문학상, 신사임당 문학상, 매일신문시니어 문학상, 화암 문학상, 21세기 창작문학 작가상, 눈높이아동문학대전, 전국농어촌청소년 문예제전, 동서 문학상, 샘터 시조상, 박경리문학제 전국청소년 백일장, 서래섬배 백일장, 구상 한강 백일장, 곡성 심청 백일장, 용아 박용철 백일장, 나주 예술 문화상, 서울지하철 문학상, 공작산 생태숲 문학상, 한화생명 문학상, 수원 문학상, 지구사랑 문학상, 다독다독 문학상, 안양 창작시 문학상 등을 수상하였다.

앞으로도 지속적으로 문학상에 도전하여, 좋은 성적을 거둘 줄 믿는다.

여생을 꾸려 가면서, 무엇보다도 창작 활동을 하고, 문학상에도 도전하고, 작품집도 펴내는 삶이 아름답다고 여기고 있는 우리 문우들이 자랑스럽다.

어떠한 여건에도 부디 중단하지 말고, 마지막 숨을 거두는 순간까지 꾸준히 창작 활동을 이어 나가기를 기원해 본다.

그러한 삶을 살아가는 문우들을 나는 묵묵히 곁에서 도와주고 싶다. 그것뿐, 그 외 다른 무슨 욕심이 있겠는가.

– 5.18 추모 행사를 감동 깊게 마치고 돌아가는 대통령에게 박수를 보내면서

한실 문예창작 지도 교수 박덕은

(전 전남대 교수, 문학박사, 문학평론가, 시인. 소설가, 동화작가, 사진작가, 화가)

## 제1지부 부드런 문학회

# 제2지부 푸르른 문학회

# 제3지부 탐스런 문학회

# 제4지부 온스런 문학회

## 제5지부 포시런 문학회

# 제6지부 꿈스런 문학회

# 한실 문예창작
# 회원

가브리엘 김시훈

그레이스 전숙경

꽃길 윤정미

꽃노래 강창우

꽃술 강보미

꽃활짝 최비건

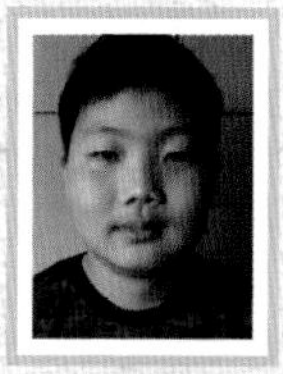
꿈길 강승우

꿈모롱이 박명자

꿈순이 성춘애

나율 김서윤

다래향 이수진

단아 정경옥

땅콩 손수영

만세 장만수

모세 김홍기

목련 임영희

물망초 이인환

미소짱 민정빈

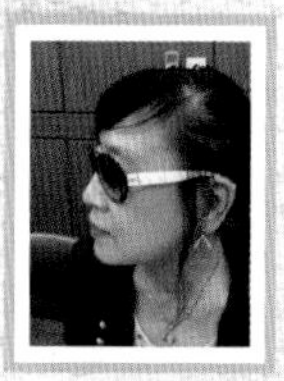
바다놀 한선영

백강 노문영

백합향 서희정

베로니카 손영란

별이로다 서동영

복스런 장문자

봄동산 김미경

봄봄 박상은

빈하수 최승벽

빛방울 정점례

새아씨 김정순

세영보다 이영희

솔숲 이은정

숲속의공주 김미경

숲속의향기 정은아

스스로 김이향

시암골 최세환

아이비 김숙희

아정 김영순

아통 김용주

야나 유양업

여원 송옥근

연꽃 노연희

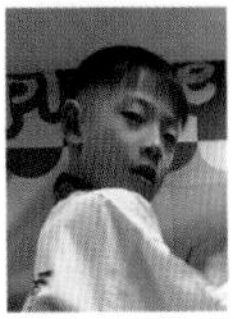
연우 박건우

예말이오 정주이

오뚝이 김영례

오로라 강현옥

옥구슬 황귀옥

요정 김다은

우아짱 양순옥

운거 이호준

웃는달성 정달성

웅고 조정일

월암 이삼순

유심 정연숙

은곡 배종숙

은달빛 정예영

의지꽃 김명대

재연 심재연

잭슨 박주병

전설의영웅 박봉은

전원 김명식

진주 고명순

첫사랑 김부배

청포도 정순애

초곡 최기숙

초롱꽃 최선화

치우 신명희

토끼마녀 정은희

퍼즐왕 박범우

푸른호수 황애라

풀방구리 이미자

플로라 김송월

핑크마마 이혜정

하늘금 윤성택

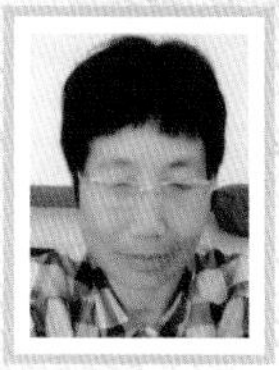
해안 이순옥

행복송이 이선순

허니 이승헌

헌책 장헌권

호수 김영자

재롱꽃 김재원

# 2016년 시화전

타는 곳

나가는 곳
남광주시장
환진문예창작 시화전

# 지도 교수 강의 모습

# 한실 문예창작 2016 번개팅 사진

# 박덕은 미술관

# 박덕은 문학관

차 례

# 그대는 나의 누구인가

# 목포 신항에서

– 강현옥

물새 발자국
간간히 우는
유달산 용머리 끝자락

그림자 삼킨 세월이
껍질만 드러낸 채
누워 있다

나침반 움켜쥔 이들은
거친 물살의 주소
캐묻는다

멍든 파도는
조문을 읊조리지만
못 들은 척 지나간다

철조망 사이에 두고
바람 타고 온 말들이
탈출을 시작한다

마르지 않은 눈물이

돌 틈으로
후드득 떨어진다

사월 햇살에
기억들이
노란 춤사위로 꿈틀댄다

아우성들도
뱃머리 돌려
푸른 깃발 펄럭인다

뭍으로 올라온 먹먹함이
까무룩한 창공을
수놓자

지워지지 않을 길로
뚜벅뚜벅
걸어가고 있다.

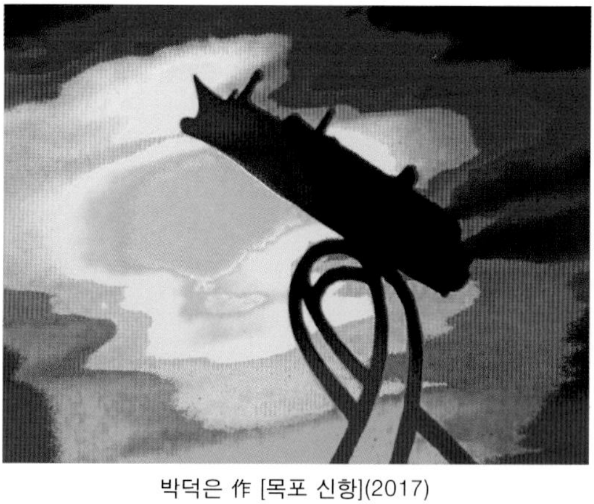

박덕은 作 [목포 신항](2017)

# 눈뜨지 못한 새벽

— 강현옥

어제가
충혈된 눈으로 뒤척인다

여명은 문밖 서성이는데
물끄러미 바라본다

구멍난 무릎이
어지러움을 수놓는다

해진 발꿈치는
한 차례 지독한 목마름을 앓고 나면
한 뼘씩 커간다

낭떠러지 어디쯤
화석이 되었을지 모를 가지 더듬는다

희미해진 끝물이 못다 부른 노래
그 악보의 뒷 페이지를 넘길 수 있을까

동그랗게 바라보는 되돌이표 지우며
무거운 현기증 일으켜 세운다.

박덕은 作 [새벽](2017)

# 할머니의 손

– 고명순

긴긴 겨울밤마다
할머니의 이야기는
몇 고개를 넘는다

그 이야기는
부엉이 우는 한밤중에도
마당 건너 뒷간까지 따라나온다

빨간 손이 올라와
밑을 닦아 주었어

문밖에 떨고 서서
그 손 못 나오게 했어

수십 년 전 이야기는
지금도 계속되고 있다

지금도
할머니는 하얀 손 되어
날마다 다녀간다

보리까시락 같은 그 손,
사랑 덧칠해 따스해진 그 손.

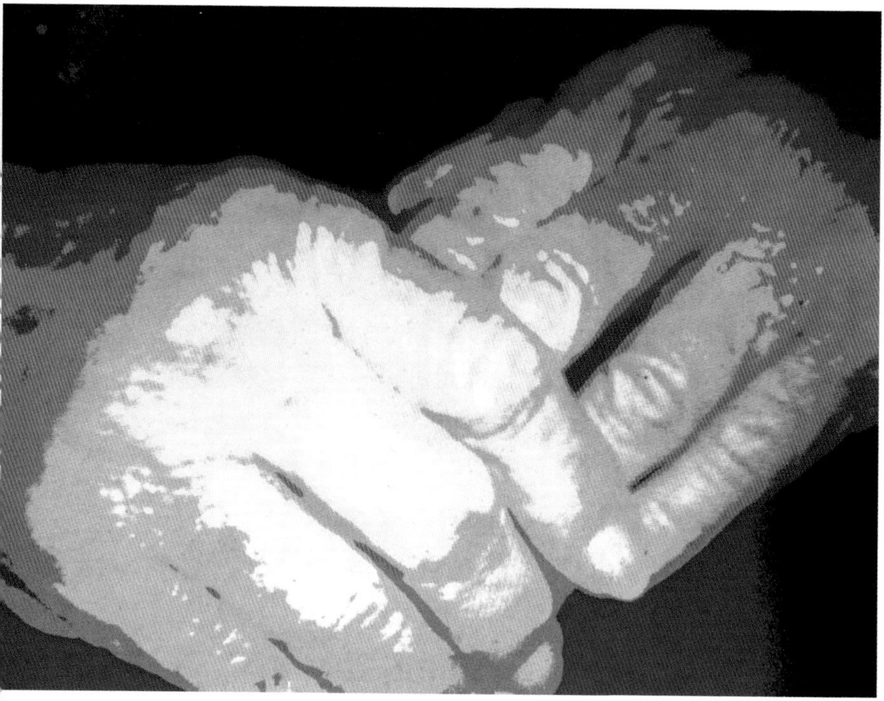

박덕은 作 [할머니 손](2017)

# 사랑 고백

- 고명순

성한 데 없는 아픔이지만
당신의 이름 부를 수 있어
오늘도 살아갈 수 있습니다

걸어도 걸어도 사막뿐일 때
당신이 가려 준 한 그늘 있어
오늘도 쉬어갈 수 있습니다

틈만 나면 아우성이지만
당신이 세워 준 나라 바라보며
오늘도 녹아들 수 있습니다

고독한 길모퉁이에 홀로 서서
당신이 기꺼이 가신 그 길 따라
오늘도 걸어갈 수 있습니다

아침을 볼 수 없을지라도
당신의 품 하나면 족하여
오늘도 내 영혼 기뻐할 수 있습니다.

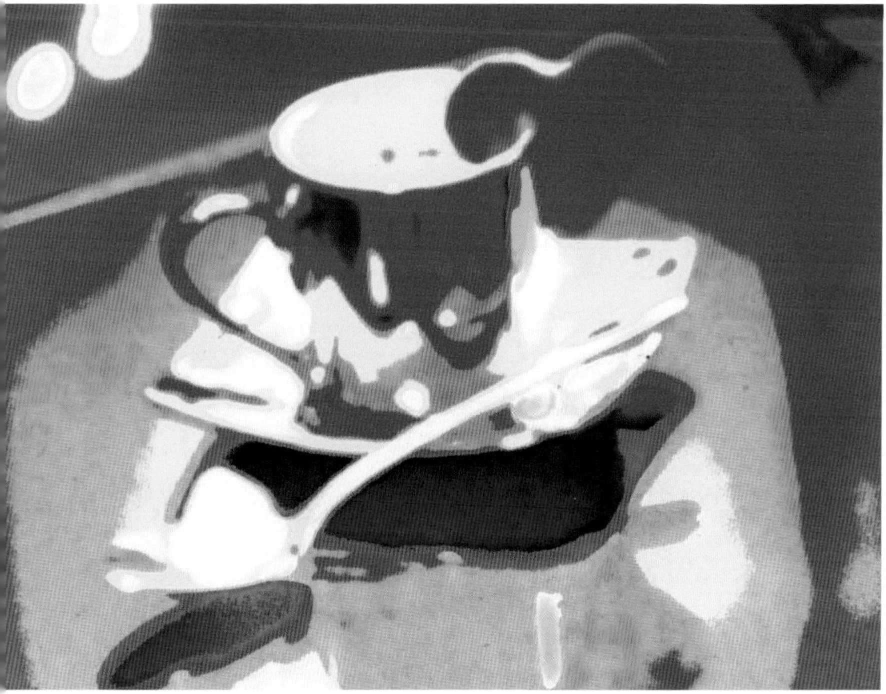

박덕은 作 [사랑 고백](2017)

# 봄

– 김미경(봄동산)

댕그랑 댕그랑
바람이 불어요

댕그랑 바람 소리에
마른 가지가
기지개 켜요

땡그랑 땡그랑
봄비가 내려요

땡그랑 봄비 소리로
잠 깬 새싹들이
세수해요.

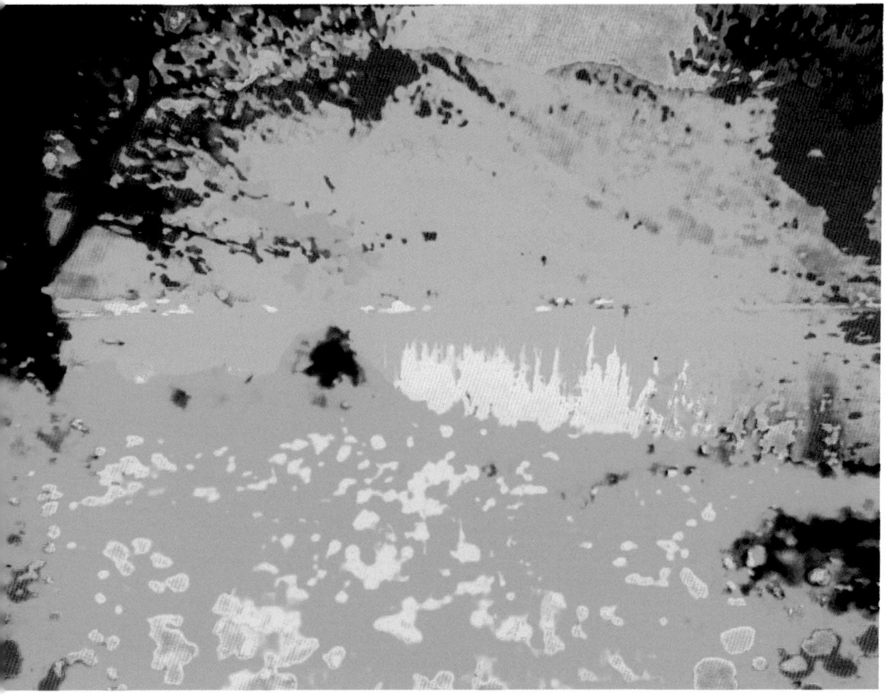

박덕은 作 [봄](2017)

# 눈

― 김미경(봄동산)

내리는 게 아니야
친구 만날 생각에
춤추고 있는 거야

쌓이는 게 아니야
친구의 손 맞잡도록
손바닥 펴고 있는 거야

녹는 게 아니야
처마 밑에 매달려
친구의 멋진 창 되어 주는 거야.

박덕은 作 [눈](2017)

# 손주

– 김미경(숲속의공주)

밥상머리
부모 자리에
턱 하니 앉아
요리조리
마음대로
먹어대는
애어른.

박덕은 作 [손주](2017)

# 생일날 출근

— 김부배

한 그릇의 미역국에
고향 바다가 환하게 출렁인다
바지락 따라온 하얀 파도 소리
미역귀에 담긴 인어 이야기
수평선에서 갯벌 꺼내 굴을 따
마주앉은 밥상이
차르르 차르르 넘쳐난다
물때에 맞춰 숨쉬는
어머니의 기도가
달빛으로 번져 올라오자
소금처럼 따가운 하루가
순해지기 시작한다.

박덕은 作 [출근](2017)

# 봄

– 김부배

너는
한순간 부푼 바람이었나

정갈한 아침
맑고 깊은 소리
들려온다

뒤뜰에 붉게 핀
홍매화 가지마다
새로운 사랑이 되어
고웁고도 잔잔히 밀려든다

꽃샘추위에도
너의 어깨엔 여전히
그리움이 웅크리고 있다

나를 읽고 있는 추억들
톡톡 터지면
유난히 깨끗한 숨결로 피어나는 너.

박덕은 作 [봄](2017)

## 봄

– 김송월

연둣빛 춤사위
하늘 하늘

거울 앞 여인을
초대한다

겨우내 움츠렸던
주머니 속 각오

빛 담아
매무새 추스리고

계절이 준비한
향긋한 버무림

환한 미소로
만끽한다.

박덕은 作 [봄](2017)

# 침묵

– 김송월

잊혀진 듯
잊혀질 듯
다시 선 자리

그 어귀에서
누군가
기다린다

짙게
드리운
그리움

하늘빛 날개 달아
봄하늘에
띄우면

애틋한 선율로
숨죽이며
다시 안은 보고픔

속삭임의

열꽃 되어
서서히 침잠한다.

박덕은 作 [침묵](2017)

# 나의 아버지

- 김숙희

가늘게 휘는 바람
팽팽하게 잡아당겨
품새 쭉쭉 펼친 봄

기지개 켜자
비로소 녹은
가슴속 응어리

뒷걸음치던 세월 곁에
미끄러지듯
어린 시절 펼치고

도란도란
웃음꽃 피우던
그리움 훑으면

여운 속에
스멀대는
빛바랜 회한들

추억의 새 가지

흔들어
습기 말리고

구슬픈 미련에도
넉넉히
포옹한다.

박덕은 作 [아버지](2017)

# 나의 어머니

— 김숙희

연둣빛 계절에 23살 왕자와
운명처럼 청사초롱 불 밝힌
열아홉 순정

풋풋한 향기 나래 펼치던 그 시절
드높은 하늘 유유자적 흐르는
꽃구름이었죠

영혼의 숲속에 파릇파릇
익어 가던 환희의 날들
그야말로 가슴 벅차게 드리워진
꿈이었죠

초조하고 불안한 마음과
숨가쁜 쿵쾅거림일랑
돌다리 두들기며 건너듯 건넜죠

소용돌이치던 고통의 파장과
안타까운 회한은
오히려 온몸으로 버티는 긍정의 힘이었죠

서리 내린 백발의 질척임 속에서도
기도 배인 고백은 참 평안이 되어
마침내 시가 되었죠.

박덕은 作 [어머니](2017)

# 달무리

– 김영례

조용한 게 좋아
혼자
피어나네

어두워지면 무서워
바람과 얘기하며
기다리던 님

야윈 얼굴 바라보며
아무것도 할 수 없어
마음만 동동 구르네.

박덕은 作 [달무리](2017)

# 전시회에서

— 김영례

그림 속에 담겨진
당신 마음

만져 보고 싶어서
그리움의 손 내미네

저 자스민 꽃향 속에
안기고 싶어라.

박덕은 作 [전시회에서](2017)

# 소낙비

- 김영순

그리움이 어깨 짓누르면
추억 몰려와 하늘은 비상 상태
긴장의 휘파람 소리 신열 앓는다

불현듯 안달이 나면
경계 없는 허공 허리에 감고
헛발질해대며 한꺼번에 반동을 일으킨다

무심한 기억의 파편들이
몸살 난 버거움을 뚝뚝 떨어뜨린다

다가설 수만 있다면
못 견디게 서러운 몸짓으로
후드득 후드득 직선 내리긋는다

덕지덕지 꿰맨 자국 겹겹이 쌓인 한을 쏟아내며
오감 흔들어대는 음표로 심장에 꽃불 통통 튀기며

호박잎 부딪히는 소리 기웃거리며 숨죽이다
야릇이 웃고름 물고
붉게 열꽃 솟는다

박음질한 시간 행구면
갈증에 남은 연민 덧칠한다

한바탕 달뜬 설렘으로 밀착이다
뚝 그쳐 버린 미완성 소나타
아쉬움의 푸른 향기로 남는다.

박덕은 作 [소낙비](2017)

# 그대는 나의 누구인가

– 김영순

느낌 하나로 바탕을 채색하여
허공에 박혀 있는 그리움의 무늬들이여
그대는 나의 누구인가

바삭바삭 부서진 웃음 밟으며
스쳐가는 하얀 바람 소리여
그대는 나의 누구인가

된서리에 시들어가는 뒤안길에서
꺼억꺼억 닳아진 연민이여
그대는 나의 누구인가

퉁퉁 부어 신음하다 옷깃 여미며
돌아서는 붉디붉은 눈시울이여
그대는 나의 누구인가

한겨울 동백꽃 피워 올리듯
푸른 길 곧게 걸어가는 뒷모습이여
그대는 나의 누구인가.

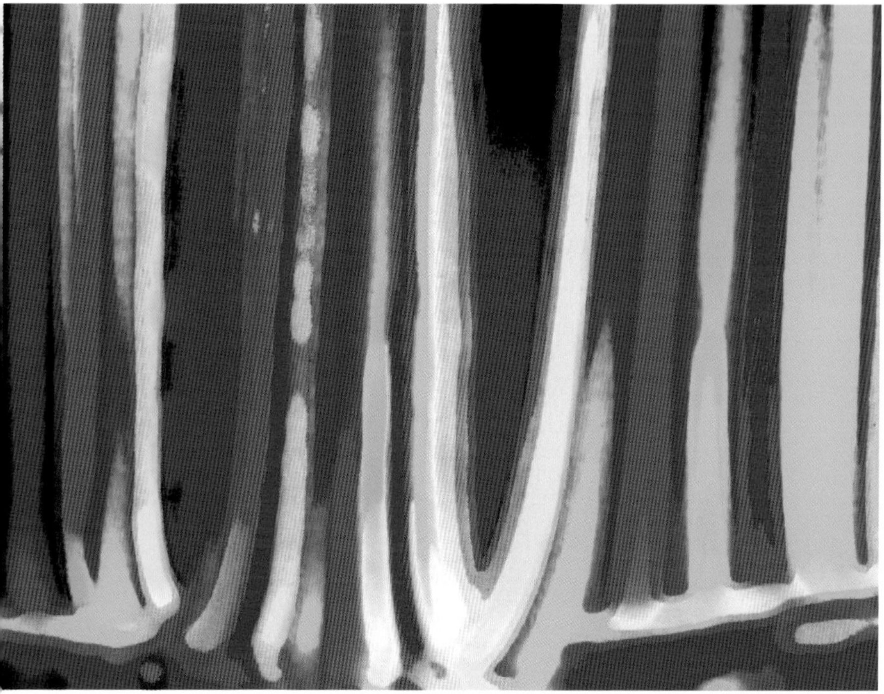

박덕은 作 [그대는 나의 누구인가](2017)

# 등꽃

– 김영자

그리움 쌓이는 사월의 등걸에
허공 맴도는 보랏빛 소망
어제처럼 뚝뚝 떨어진다

울컥 울컥 토해내는 흔적들
백지처럼 도려내고
피멍 물든 그림자
바람꽃으로 피워낸다

아픔도 곰삭아
저리도 눈부신 걸까

나풀 나풀 흔들리는 몸으로
푸른 날개 조금씩 키워내는
환한 웃음

정갈한 기도
길어 올리는 황홀함으로
헐거운 날개 다시 펴는 애련함

겹겹이 부푸는 송이마다
물결치는 천년의 사랑.

박덕은 作 [등꽃](2017)

# 사월, 꽃 진 자리

– 김영자

긴 염원 피워 물고
일어나 앉는다

검푸른 커튼 거두고
회전목마처럼 달려온 어깨 위로
쏟아진 눈시울이 붉디붉다

무릎과 무릎 사이로
쓰러졌다 다시 일어서는
수천의 노오란 음표들

몸 푸는 햇살 안고
차가운 여백 위로 아슴아슴 걷는다

그림자 밟고
겹겹이 숨어 있는 꽃잎들

보일 듯 말 듯
버리고 갈 수 없어
굽이 굽이 떨리는 발자욱

하얗게 타는 입술로
맴돌다 여는 아침.

박덕은 作 [4월](2017)

# 나는

- 김용주

순간부터 달린다
고속열차처럼 달린다

정거장도 있지만
잠시 머뭇거릴 뿐
미련 없이 달린다

끝이 있는 그곳 향해
쉼 없이 달린다

끝은 끝이 아니다
무한 자유 공간이다

지나온 길들은
붙잡아 둘 수 없다

그저
순간의 느낌으로 달린다

시작은 끝으로 달리고
끝은 시작으로 달린다.

박덕은 作 [달린다](2017)

# 현금 인출기

– 김이향

그곳으로
가 보고 싶은 마음
매일이지만
애써 참는다

한 번 보면
두 번 보고 싶고
두 번 보면
더 보고 싶어지니까

그런다 한들
습관 속에 갇히면
일상이 삐그덕거리니까

그래서
내 마음을 아낀다

소중한 사람을
함부로 본다는 거

그게
가치를 낮춰 버릴지 모르니까.

박덕은 作 [현금 인출기](2017)

# 반딧불이

– 김인숙

푸르름 타고
내면으로 떠오르는
빛방울

아픈 후회처럼
못다 한 사랑처럼

세상의
소란함 속에는
보이지 않다가

고요히
떠오르는
빛줄기.

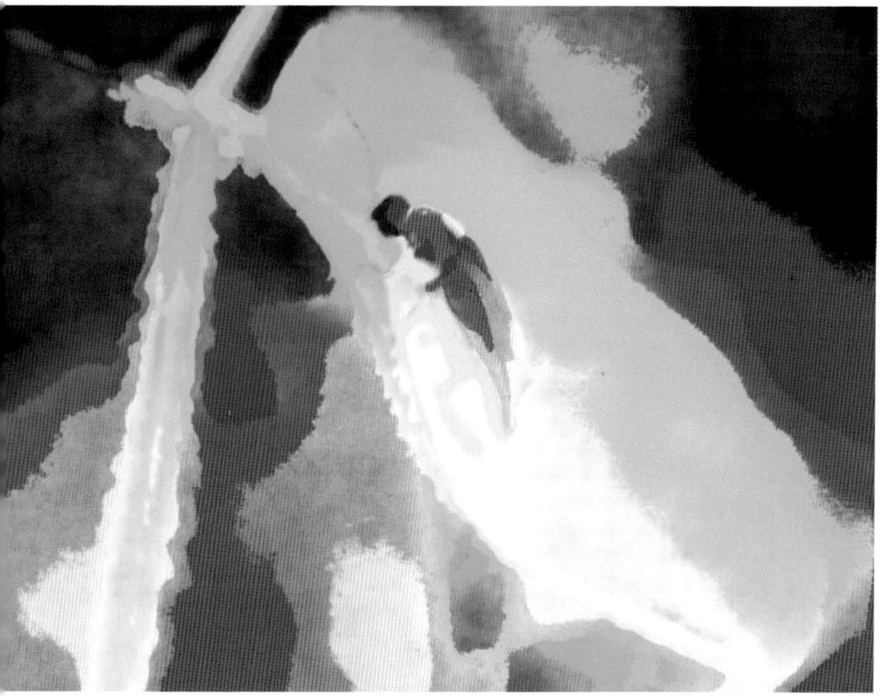

박덕은 作 [반딧불이](2017)

# 꽃샘추위

- 김인숙

가고 옴은
하나의 알 속

무언가
알 수 없는 그리움으로
아지랑이가 피어오르고 있다

계절 깊이 자리잡은
새로움 때문에
미안한 마음으로

두 눈을 꼭 감고
온몸을 흔들고 있다

꼭대기에서 땅속까지
머리끝에서 발끝까지.

박덕은 作 [꽃샘추위](2017)

# 명옥헌

– 김정순

솔숲향 내뿜어
옥구슬 계곡 암반 위를 구르고

흐드러진 배롱나무 꽃
호수에 육백 년 불태워 우려내니

청명한 향기 옷깃에 스며
세월도 주인을 잊었구나.

박덕은 作 [명옥헌](2017)

# 봄나들이

– 김홍기

해맑은 푸르름에 온몸 맡기니
기지개 펴는 정자나무
물오른 시냇가 담록淡綠의 나뭇잎이 정답고

수평으로 뻗은 단풍나무 너머
봄기운 서려 있는 취가정에 오르니
취흥이 절로 난다

활개 뻗은 철쭉
바위 타고 흐르는 개울물 벗삼으니
줄무늬 등에 업은 다람쥐가 반기고

애절한 사연 안고
회오리 죽림에 파묻히니
복숭아꽃 단장한 추억이 그립다.

박덕은 作 [봄](2017)

# 세월호

– 김홍기

엄마 아빠 불러 봐도
겨울 하늘 애끓는 오열
칼바람 감싸 안아

열망의 원혼 상하고 찢겨
피멍 되어 누웠는데

검푸른 눈물 세마포에 쏟아 내니
침묵으로 울부짖는 피

해맑은 미소로 녹아 내어
뒤늦은 한탄 가슴 치며

칭칭 묶인 사슬 벗고
하얀 날개 넓게 펴
창공으로 피어나리.

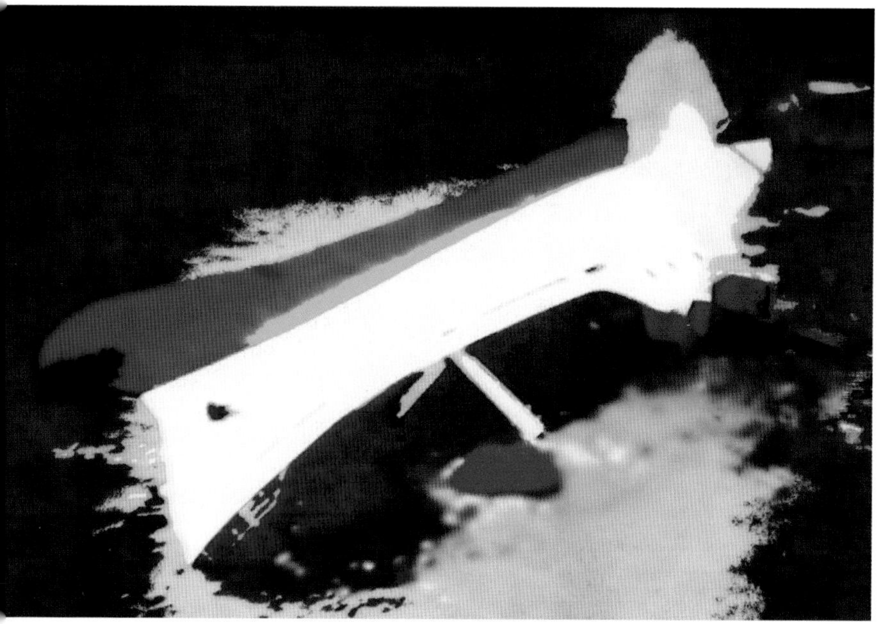

박덕은 作 [세월호](2017)

# 거울 앞에 선다

- 노문영

시무룩한 얼굴
거울도 싫어한다

밝은 얼굴 보여 준다
거울도 좋아한다

외모가 아닌
마음속 진실까지도

항상 환한 모습
보이도록 해야겠다.

박덕은 作 [거울](2017)

# 들꽃

— 노연희

파릇파릇한 연가 부르며
땅거죽 뚫고 힘껏 돌아
바람꽃처럼 몸을 낮춘다.

박덕은 作 [들꽃](2017)

# 그녀

- 노연희

눈발 속 춤사위
하느작 하느작

관심 때문에
사랑 덕분에

지금처럼
설레임 한결같이

함께하고파
시작처럼

따스한 온기
끝없는 울림

이 열정으로
인연을 보듬는

진정한
내 사람.

박덕은 作 [그녀](2017)

# 진흙

– 박봉은

나의 손 안에서
심오한 마술을 부린다

코끼리가 되었다가
사람이 되었다가

가끔은
꿈을 뒤섞기도 하다가
가끔은
심술을 심기도 한다

가끔은
이상과 현실이
마주 부딪히기도
그냥 주저앉기도 하다가

낭만을 품에 안고
은하철도를 타고
길고 긴 여행을 떠난다.

박덕은 作 [진흙](2017)

# 회상

– 박봉은

뒷산 노을이 찻잔에 닿을라치면
비릿한 추억이 머릿속을 헤집고 나와
스멀거린다

마른 작대기 붙잡고 헤매는
피곤한 조각들조차
이제는
어스름 밑자락으로 스며들어
쌔끈쌔끈 꿈을 청하고 있다

어디서 오는지
알 수 없는 바람이
가슴속으로 휘몰아칠 때
가로등 위로 걸쳐진 초점 잃은 시선이
초라한 모습으로
곤히 잠들어 있고

전봇대에 걸쳐진 빗방울들이
설치고 지나가는 칼바람에
설레설레 눈물 훔치고 있다.

박덕은 作 [가로등](2017)

## 목련화

– 박상은

어느 아낙네가
들려주는
하얀 노래 한 소절

우아함
담아 부르는
떨리는 리듬

향기롭게 살아가리
그 약속
눈감고 들어 본다.

박덕은 作 [목련화](2017)

# 상괭이

– 박상은

천년을 한자리에서 길 안내하는
저 무표정한 사자바위

바라보는 시선이 다가오면
수줍어 살짝 모습을 감추네.

박덕은 作 [상괭이](2017)

# 사월의 비

— 배종숙

고고한 울림이
어둠을 깨운다

몽글몽글한 방울들은
안타까움마냥 체념 안고
강을 건넌다

조용한 반항
빈 곳 남기지 않는 손길 하나 하나까지
깡그리 적셔 준다

분노 넘치는 소리들
가슴 타들어 가는 멍울만
깊숙이 안긴다

젖은 땅 위에 널브러진 낙서들은
가까이서 혹은 멀리서 엎디어
고독을 마시고 있다

정적을 지우며
쏟아지는 애수 따라.

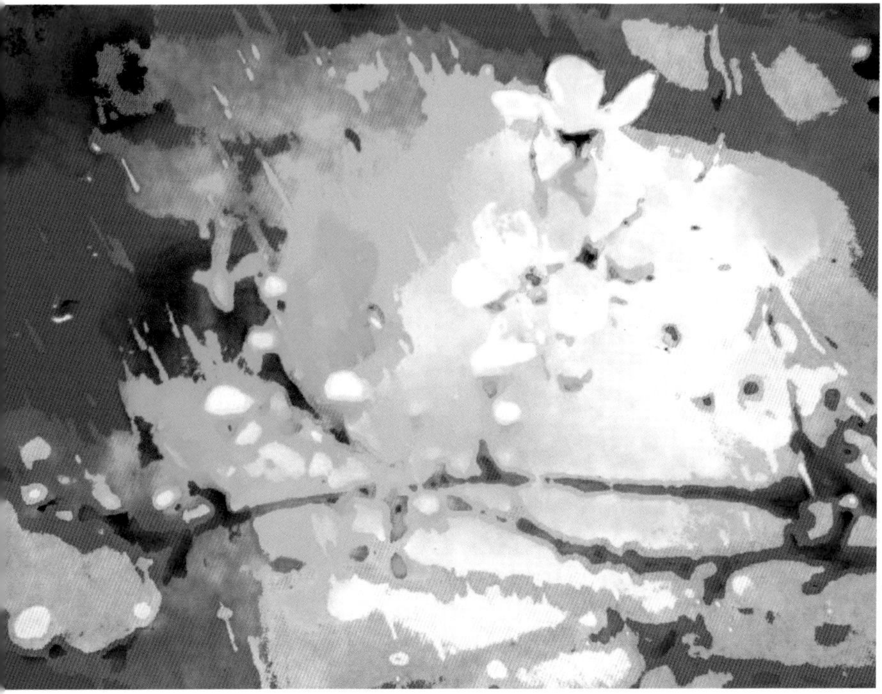

박덕은 作 [봄비](2017)

# 날개

— 배종숙

가슴에 멍이 들어
숨이 막혀 올 때는
그를 가지고 싶다

솜털 구름 친구 삼아
파아란 하늘을
진종일 날아다니고

그러다
눈물이 마르면
조용히 지상에 내려앉아

지친 그에게
긴긴 입맞춤
바치고 싶다.

박덕은 作 [날개](2017)

# 가물가물

— 서동영

어슴푸레한 새벽 내가 달려온다
묻고 되묻는 혼자만의 대화는
오늘도 문지방에 오도카니 서 있다

뒤곁의 살구나무 늙어
더 이상 열매 맺지 않을 때

풋살구 신맛에 인상 쓰던 소년은
녹슨 도끼를 들어
허리 굽은 나무를 팬다

그리운 것은 그리운 대로
잊혀진 것은 잊혀진 대로
사라져 버린 시간의 그늘 속에서

마모되어 버린 것은
기억이었을까
마음이었을까.

박덕은 作 [가물가물](2017)

# 이발소

– 서동영

머리를 깎는다
덥수룩이 자란 머리카락이
뭉텅뭉텅 떨어진다

지나온 시간을 잘라낸다
하루, 일주일, 한 달
어깨 위에서 사라진다

버거웠던 고달픔도
너를 향한 그리움도
상흔의 부스러기도

그토록 고뇌하던
세월들조차
민들레 홀씨처럼
훌훌 사라진다

사각사각 소리에
꾸벅꾸벅 졸다가
'어머, 십 년은 젊어 보여요'
화들짝 놀라 일어선다

시장바닥에
봄나물 파는 할머니도

박스 가득 싣고
손수레 끄는 할아버지도

함께 모시고 싶은
나의 단골 이발소.

박덕은 作 [이발소](2017)

## 짝사랑

— 서희정

신학기 첫날
은은한 미소로
바라보던 너

한번의 미소가
반평생 옭아맬 줄이야

편지의 순수
수줍게 건네주고

두근거림 안고
뛰쳐나온 그날

하얀 꽃잎은
하늘하늘 춤추었지

이젠 꿈속에서마저
희미해져 버리고

같은 줄에 놓여 있던
너의 신발만이 아련하다.

박덕은 作 [신발](2017)

# 그리움

— 서희정

귀 잡고 싸울 때면
새파랗게 질려
울어댔던 너

늠름한
눈빛 의미 담고
뜨겁게 바라보던 너

유리창에 마음 던져
한 송이 열정 꽃
피우려 했던 너

인연 벽 되어
앞길 가로막아
끝내 절망하던 너

그 세월의 무게
견디지 못해
낙엽 되어 버린 너.

박덕은 作 [낙엽](2017)

## 삶

– 성춘애

삶은 때로
나에게 묻는다

잘 살아가고 있는지
때론 지치고 힘들 때도 있지만

상처받고 살고 있지는 않는지
때론 불어오는 산들바람과
창밖에 비추는 햇살 한줌에도

꿈을 잃고 사는 건 아닌지
잠시 멈추고 방황하기도 하지만

난 여전히 꿈을 향해 달려가고 있다고
난 나에게 대답한다.

박덕은 作 [오솔길](2017)

# 사랑의 마당굿이 막을 내리면

- 손수영

삐쩍 마른 잔가지가
미소 짓는 바람 소리에도
툭툭 떨어져 나가고

애끓던 시린 몸뚱이는
뒤늦은 기지개를 켠다

묵은 가지들은
연지곤지 찍고

총총하지 못한 기억들은
느릿한 떨림으로 운다.

박덕은 作 [단풍](2017)

# 사랑

- 손수영

그녀의 머릿속엔
도대체
뭐가 들어 있을까

혹시
산더미만 한 그림자가 드리워져 있을지 몰라

아니면
나물 조무락거리는 그 능숙함으로
누군가를 쥐락펴락하고 있지 않을까

세상살이를 숨기며
정이라고 말하는 그런 것들로
또 속고 속이고 있지 않을까.

박덕은 作 [산그림자](2017)

# 회한

— 손영란

가고 오는 날들이
바람 같아도
그 아픔이 서럽게
엄습할지라도

나의 노래여
사랑의 시여
하늘 쌓는 기도여

꿈길 적시는
내 심연의 바다가
되어다오.

박덕은 作 [바다](2017)

# 밀회

− 손영란

낙엽에 물든
가을 색깔
바람이 데려다 준
길을 나섰습니다

플라타너스 갈색 잎
하나 주워
책갈피에 꽂으면
빛바랜 추억 하나
아련한 그리움 위에
살포시 내려앉습니다.

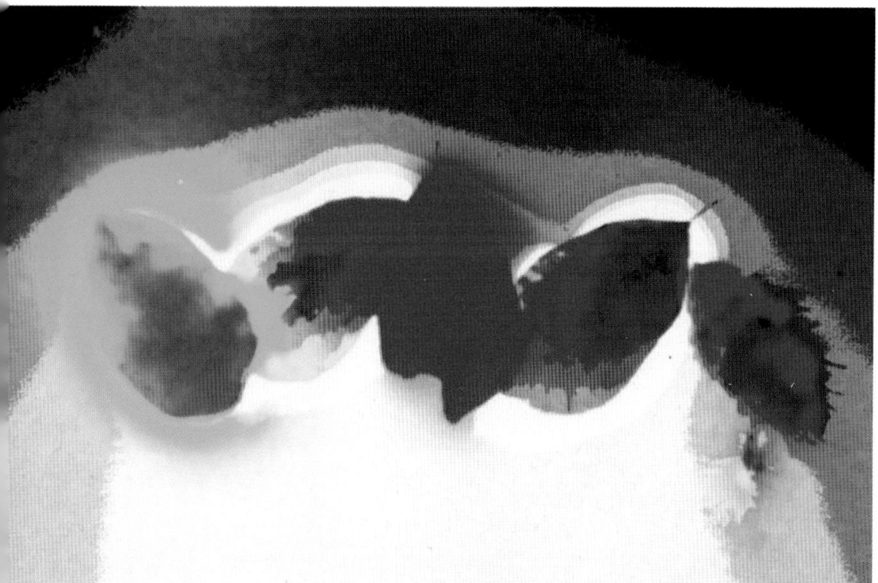

박덕은 作 [낙엽](2017)

# 초평호에서

— 송옥근

수면에
구름이 내려와 논다

그리움에 지친
윤슬의 파닥임

빠져드는 하늘이
한가득이다

가슴 툭툭 타도록
저 바람에 말릴걸

들마루에 걸터앉아
막걸리 마신다

술잔의 노을에 풍덩 빠진
네발나비 한 마리.

박덕은 作 [초평호](2017)

# 마당에서

— 송옥근

큰오빠는 오지 않았고
베개를 끌어안고
엎드려 계시던 어머니

마른자리에 앉아
강아지풀을 쓰다듬는다

얼굴에
가눌 수 없는 슬픔의 무게가 그늘진다

담 아래 두어 송이
제비꽃 남색 꽃잎
그 슬픔의 색깔 위로.

박덕은 作 [제비꽃](2017)

## 내 안에 있는 나는

– 신명희

너에게 귀기울이느라
내 소리 듣지 못하고

너에게 격려 받으려 애쓰느라
스스로 격려하지 못하고

너에게 저당 잡힌 나를 찾느라
밖으로 밖으로만 헤매고

너에게 보여지는 나를 보느라
내가 나를 보지 못하고

네가 나를 보는 시선으로만
나도 나를 본다

나는 지금
어디서 무엇을 하고 있는 것일까.

박덕은 作 [물그림자](2017)

# 섬

— 신명희

섬이어도
괜찮아

너에게로
가는 길

그거
하나면 돼.

박덕은 作 [섬](2017)

# 강

— 심재연

서두르지 않는다
밤과 낮 사이
아련함 보듬고
한 뼘씩 성숙해 간다

멍울진 그리움
깊숙이 실어나른다

여름으로 옮겨간 봄처럼
진한 추억의 향기
뛰는 심장으로 묵묵히 새기며

푸른 손짓 향한
그 유유한 걸음으로
또 다시 무음으로 달린다.

박덕은 作 [강](2017)

# 촛불

– 심재연

미세한 감성에도 휘청인다
가냘픈 흔들림으로 태어난 운명
진실 향해 이 한몸 태우리
오직 이 한길 우직하게 고집하며
몸 깊숙이 뭉툭하게 뿌리내린
나를 의식하며
굳건히 타오르는 내 안의 불길
하나를 위한 오롯한 외침
이 한몸 운명에 맡긴 오직 한길
한 점의 흔적까지 스스로 녹이며
뜨거운 침묵으로 몸을 태운다.

박덕은 作 [촛불](2017)

# 외돌개

– 유양업

섬바위 해안 절경 넌지시 내려보고
잔파도 어루만져 침묵을 껴안으며
그리움 허공에 새겨 구름으로 감싼다

우직한 환한 가슴 수평선 흰 꿈 묶고
그리움 온몸 적셔 밤낮을 지새우며
서걱인 긴긴 기다림 바람 안고 설렌다

물보라 상념 모아 바닷가 감싸 돌며
쪽바위 못다 한 말 하늘에 새겨두고
한 많은 세월 보듬고 홀로 서서 지킨다.

박덕은 作 [외돌개](2017)

# 한국화

— 유양업

애틋한 종이 펴고 추억의 붓을 들어
먹물로 열망 풀어 물안개 그려 놓고
호숫가 그리움 엮어 구름 위로 띄우네.

박덕은 作 [한국화](2017)

# 백목련

— 윤성택

갇혀 있는 초조에
회색빛 여명
더디게 물들인다

밤새 비바람에
진한 설움 넘쳐
아련한 그리움 마시며

흰 치마 드리운
긴 여운 남긴 채

이룰 수 없는
못다 한 사랑

신새벽부터
소쩍새 울음소리로
뚝뚝 떨어지고 있다.

박덕은 作 [목련](2017)

# 향수

— 윤성택

강촌 마을
허름한
빈집에 물안개가
피어오른다

철 지난
산골짜기
샛강에 깊이 갇혀
그림자 드리운다

서까래 사이로
빗물이 스며들어
가슴에 응고된
설움이 그려지고

엉성한 방바닥
묻어 오른 냉기가
구들장을 달군다

아궁이에 불 지핀
붉은 노을이

빈 솥에 물을 끓인다

까치가 보릿고개
식은 굴뚝에 올라
서럽게 서럽게
우는 날

꽃샘바람에 스친
그리운 어머니가
꿈속에서 반긴다.

박덕은 作 [향수](2017)

# 그리움

- 윤정미

바람이
거친 숨소리
토해낸다

보고픔에
사무침에
무수한 말이 많아

그냥 운다
서러움에
목놓아 운다.

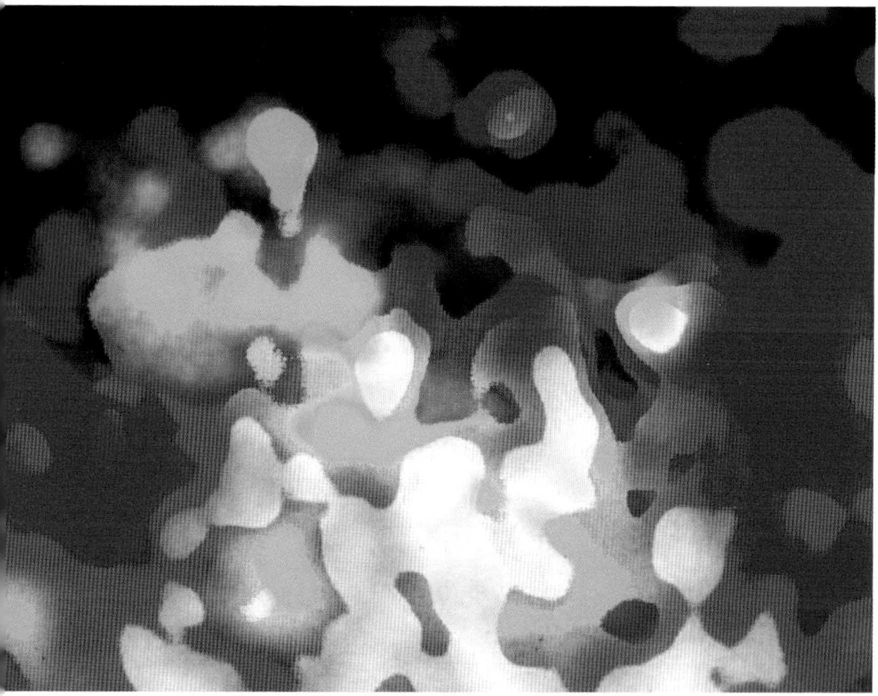

박덕은 作 [그리움](2017)

# 달

– 이다원

넘실거리는 어두움 깨우며
소리 없는 폭죽이 터진다

잿빛 건물 위로 날아올라
성난 어깨를 펴고

꺼질 줄 모르는 폭죽으로
제 몸 드러내고 있다.

박덕은 作 [달](2017)

# 해주오

– 이미자

아파도 느낄 수 없게
슬퍼도 눈물이 없게

어지럽게 엉긴 마음도
헝클어진 생각도

한 올 한 올 정성껏 풀게
한 땀 한 땀 곱게 수놓게

아파도 숨쉴 수 있게
슬퍼도 웃을 수 있게.

박덕은 作 [슬퍼도](2017)

# 그리움

– 이미자

자꾸만
부피도 늘고
무게도 늘고

뽑고 또 뽑아내도
가닥가닥 심어져
뿌리도 늘고

아무리 잊으려 해도
일상처럼 따라와
자꾸만 길어지고.

박덕은 作 [아무리 잊으려 해도](2017)

# 그리움

– 이삼순

칡꽃향 흩뿌리며
다가오는 소리 사뿐 사뿐

버선발로 뛰어나가
언덕 위에 올라와 바라보니

하얀 바람 닮은
그림자만 너울 너울.

박덕은 作 [칡꽃](2017)

# 노천탕

― 이삼순

영롱한 물방울들이
모락모락 피어올라
아름답게 수놓는 밤

미끄러지듯 떠다니며
음파 음파 장단 맞춰
추억 속 시냇가의
소녀 된다

매끈매끈 뽀얀 살결
행복 꽃내음이
계림산 계곡에 메아리친다.

박덕은 作 [노천탕](2017)

# 정율 스님

– 이수진

고요 스민 음률
산사의 아침 깨우면
잎새에 내려앉은 이슬
또르륵 또르륵

풀숲 들꽃의 향기
기지개 펴며
귀 쫑긋 세우네

풀 먹인 장삼
베일 듯한 푸르름
하늘빛 타고 너울 너울

애써 꾸미지 않아도
귀한 빛 밝히며
해맑은 미소로 마음밭 담그고

열정의 땀방울
송글송글 맺혀
촉촉이 적시며

고운 소리 메아리쳐
솜털 같은 은빛 나래
펼치네.

박덕은 作 [정율 스님](2017)

# 섬

– 이수진

해무가 덮어 버린 선착장엔
빈 가슴 채우지 못한 그리움
바람꽃으로 흩어지고 있다

하얀 멍울 터뜨린 매화 꽃잎은
이슬에 누워 있고

헝클어진 채 밤 지새운 보고픔은
파도 소리마저 삼켜 버리고

비릿한 갯내음은 벼랑 끝에 매달려
마디마디 외로움 휘감고 서 있다.

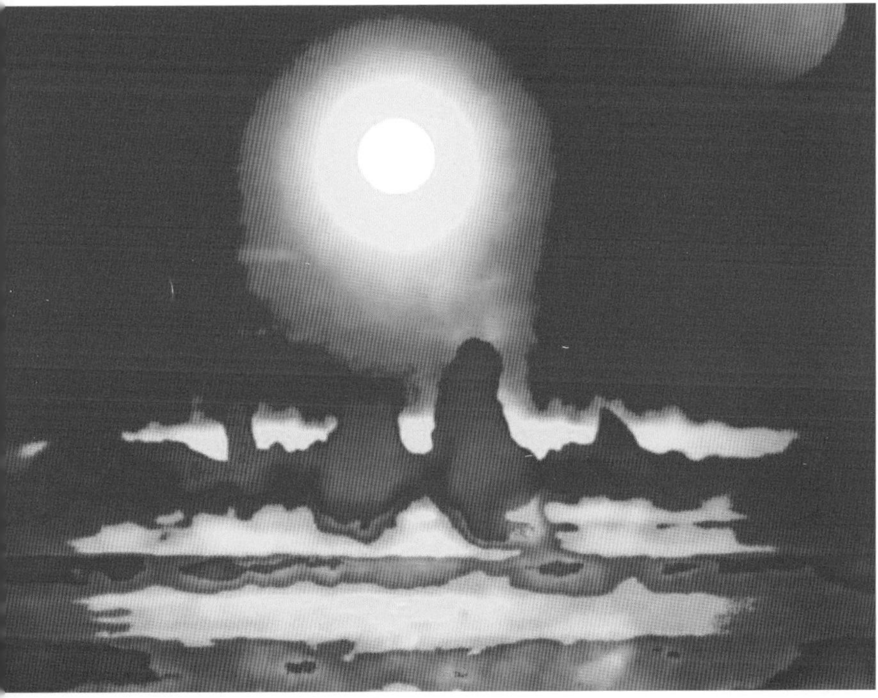

박덕은 作 [섬](2017)

# 생각 속으로

– 이순옥

야외 예식장을
만들어 본다

목마 만들어 바퀴를 달고
둘레에 키가 큰 나무를 심고
길 옆에는 꽃길 만들고

꼼꼼한 첫째는 금전 관리를
말 예쁘게 하는 둘째는 홍보 역할을
셋째는 정돈을 맡긴다

음식을 주문 받아 넉넉하게
남은 음식은
개울에 놀러 나온 분들께
무료 봉사한다.

박덕은 作 [야외 예식장](2017)

# 나의 고향

– 이승헌

긴 방랑 마치니
늘 기다리던
어머니는 어디로 갔는지

그 하늘 아래
새소리 바람 소리 여전하건만
집은 허물어져 잡초 무성하고
옛 정취만 아련하다

장끼가 부르짖고
까투리가 대답하는
꿩들의 사랑 노랫소리 정겹고
어머니 밥 짓고 아버지 농사짓고
여기 저기 가슴 미어지는 그리움은 가득한데

인정 많던 동네 어르신들
다정했던 동무들은 다 어디로 갔는지

따스한 어머니 손잡고 걷던 길에서도
허전한 마음 달랠 길 없으니
여기는 더는 고향이 아니다

누군가 나를 부를 것만 같은 고향은
내 슬픈 넋이런가

덧없는 추억의 상념에
가슴이 아려오는 그 길을
혼자서 거닌다.

박덕은 作 [고향](2017)

# 노을

- 이영희

봄꽃들이 해맑게
꿈으로 가득하고

우연한 만남은
동화 속처럼 감미롭다

함께한 시간 동안
뜻밖에 얻은 설렘들

꽃무릇 짓고
은빛 나래로 반짝 반짝

먼 길 돌아온 강가엔
사색의 바람이 불고

속절없는 보고픔만
그리움 고이 엮어

그대 있어 내일도
마냥 좋을 거라는

해거름의 향수에
젖어든 보랏빛 향기.

박덕은 作 [노을](2017)

## 으짜까요

– 이은정

매달리고픈
추억 속에
우두커니 서 있는 아픔이
마냥 서러워

달려가는 세월 앞에
민낯 드러내며
천진난만히 웃고 있는
저 진달래.

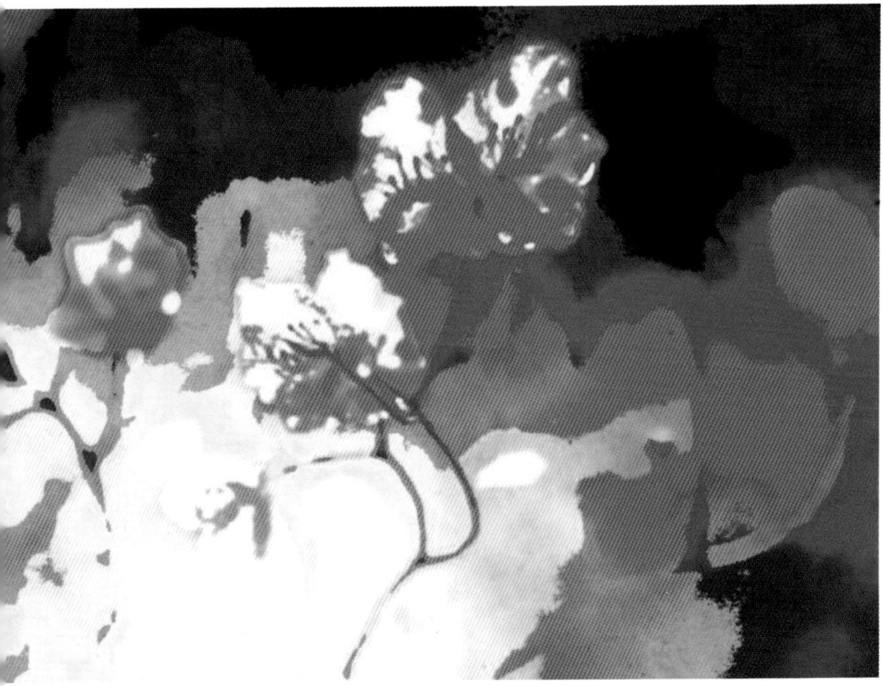

박덕은 作 [진달래](2017)

## 군 훈련소 면회

\- 이은정

텅 빈 마음
그리움으로 채워 가던 나날

하얗게 내려앉은 눈꺼풀
날 세우고 달려간 그리움

꼬깃꼬깃한 시간은
애태움으로 흘러가는데

생기 잃고 말라 버린 가슴이
흐릿하게 투영되어
눈물로 흘러내린다

연병장에
말없이 서 있는
내 생명

봄햇살 비추면 힘겨운 옷을 벗고
또 한 번 분홍빛 속살 내보인 채
밝은 웃음으로 나에게로 올
내 분신.

박덕은 作 [군인](2017)

## 시심의 여명

— 이인환

눈감지 못한 하얀 밤
여정 끝자락에 기댄 채
닭 홰치는 소리 들은 적 없어
멍울져 맺힌 설움
깨지 않는 적막 속에
시린 연서 그 얼마나 띄웠던가

서산마루 외로이 눈꽃 품은 노을
동창빛 보고파
젖은 가슴 토닥일 때
꿈결인 듯 생시인 듯
일어나 잎을 보라

환희의 음률은
그토록 기다렸던 다정한 미소로
해풍 안고 오고
떠오르는 찬란한 윤슬에
메마른 심장 씻어내며
그 환상의 숲 바라본다

해초향 굽이치는 바닷가 벤치에

수줍게 마주한 설렘
귓가에 맴도는 애틋한 속삭임으로 사무친다

이미 네 안에 나도 함께 있는 거야
창공빛에 물든 영혼의 꿈틀거림이
온누리에 용솟음치는 눈부신 아침이야.

박덕은 作 [시심](2017)

# 당신

– 이인환

오색빛 옷깃 순정 가을비 젖어 들어
행여나 힘겨워서 떠나면 어찌하나
창가에 그리움 맺혀 흐느끼는 눈물아

열정의 파노라마 피어난 욕망의 꿈
수놓은 금수강산 그 순결 곱게 피워
끝까지 간직하고파 첫사랑의 향기여

보고픔 걷힌 하늘 찬란함 가라앉아
한사코 연민의 빛 짓눌러 아리던 날
진실의 마지막 고백 사랑해요 영원히.

박덕은 作 [사랑해요](2017)

# 길 잃은 순간

- 이혜정

하염없이 달려온 비에 뒤쳐져
황량하기 그지없는 길목에
목적지라 부르지도 못하는
여행자가 서 있다

애써 터득한 체면치레
곳곳에 흘리며
혼자가 된 오늘을 배회한다

거리는 늘 출발점이 되어
지나가는 발목마다
도장 찍어 등수를 매긴다

돌아올 틈 내주지 않아도
비집고 올라오는 회한
터덜터덜 담아내는 하루

가쁜 숨 몰아쉬며
우려낸 몇 모금의 흔적을
꾹꾹 눌러 담아
음미한다.

박덕은 作 [길](2017)

# 소낙비

– 이혜정

길이 달아난다
스며든 발자국
자꾸만 깜박이는
오후로 몰려든다

그려진 무늬를
기억하려는 듯
무심한 그림자마저 일으킨다

골목의 아른거리는 틈새마다
남겨진 자국 위로
징검다리를 만든다

걸어갈 수 없는 침묵이
어둠을 삼키고
툭 터진 바람은
허리 낮게 구부리며 지문을 남긴다

수만 번 부풀려진
숨소리에
뒤집어진 길이 환하게 열린다.

박덕은 作 [소낙비](2017)

## 나팔꽃

— 이호준

바람과 묵상의
경계에서

희미해진 그리움 한 조각
찾아 두리번거리다

추풍에 빗물 구르는 소리마저
온몸으로 친친 감으며

솟대 사랑 찾아
하늘로 오르고 있다

옹달샘처럼 맑은 얼굴로
기지개 켜며.

박덕은 作 [나팔꽃](2017)

# 상사화

— 이호준

슬그머니
꽃대만 올리는
홍학 같은 꽃

해 저물도록
한껏 키운
환한 향기
한 자락 펴놓고

둘만의
밀어
누구라도 들을 새라

시샘할까 봐
희석될까 봐

땅속에서만
남몰래 사랑하는
얄미운 꽃.

박덕은 作 [상사화](2017)

# 생존 신고

– 임성환

불 켜지면 천장은 네모나게 고정된다
새벽 6시의 색깔은 매우 맑다
일어서려는 허리는 필사적이다
굳었다
가고일*이 된 것 같다
-소각하겠다

굴러서 몸뚱이는 돌아눕는다
아침은 어차피 시리얼이겠지
숨을 쉬는 건 지겨운가
허리 펴라 집중한다 불편하다
- 소각하겠다

늘어난 살림살이가 걸어다닌다
펑퍼짐한 몸은 슬라임이 된 것 같다
생각의 꼭지 잠그고 아침을 시작한다
지나간 시간은 몽땅
- 소각하겠다.

---

*가고일; 판타지 세계의 몬스터 이름.

박덕은 作 [가고일](2017)

# 달력

- 임영희

설렘을
벽에 걸어 놓고

주렁주렁
꿈을 다짐하며

기다림도
훌쩍 넘어

도도하게 펼치는
마지막 한 장의 종착역

채찍 소리
따갑고 요란하네.

박덕은 作 [달력](2017)

# 봄

– 장만수

강가의 연둣빛 추억
새콤달콤 버무려 안고
나들이 나선다.

박덕은 作 [봄](2017)

## 여행길

– 장만수

어둠 속을 산책하던 낭만 자락
텅 빈 가슴 채우려 마냥 달리네
두 눈빛이 반짝반짝 밝혀 주면
앙상한 가로수는 눈살 찌푸리네.

박덕은 作 [나목](2017)

# 옥중 편지

– 장헌권

서걱거리는 늦가을 오후
수취인 거절이 도착했다

봉인된 마음이
안부를 전한다

서럽고 아픈 사연들 섞인
얇은 편지지가 훌쩍인다

뒤늦은 참회의 눈물 적셔
또박또박 토설한다

망가진 영혼을 싸매어 주는,
떨리는 손끝으로 차마 적지 못한 그리움

붉은색 연필로 그려 가면서
기침으로 깨운다

지겹도록 가려워진 밀실에
스며드는 작은 단서이지만

긴 시간 더딜지라도
단 한마디 진상을 밝혀 달라는
키 낮은 목소리
비석에 묶어 둔다.

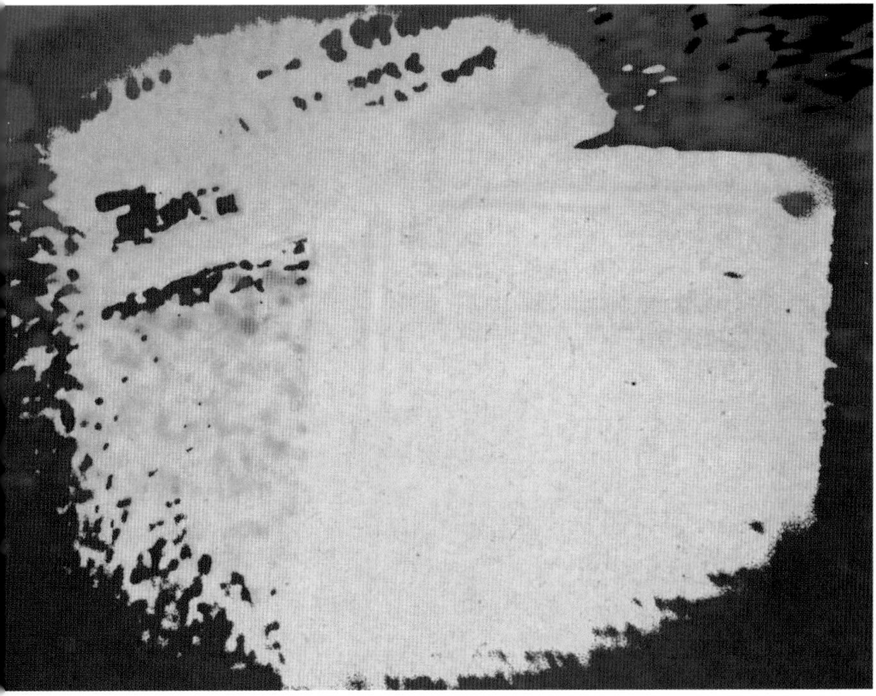

박덕은 作 [옥중 편지](2017)

## 세월호

— 장헌권

평생
서 있기만 하던 너

붉은 녹물 뒤집어쓴 채
삼 년 동안 누워 있던 너

할퀴고 찢긴 상처투성이
피눈물 범벅 되어
녹슬고 긁혀
곳곳에 처절하리만큼
구멍이 숭숭 뚫린 너

애간장 녹아 출렁거리는
검은 바다 물결에
말이 없는 너

통곡의 세월
가슴에 묻고
사무치는 상흔 안은 너.

박덕은 作 [세월호](2017)

# 아빠

– 전숙경

술 한잔 드시고
비틀비틀
갈지자 걸음걸이

오른손에 든
케익 상자
위태롭다 했더니

가족 생각에
어쩌나
바닥에 툭

뭉개진 케익
주저앉아
털퍼덕

술내음이
서글픔 한잔
마신다.

박덕은 作 [아빠](2017)

# 빈자리

— 전숙경

그대의 소중함을
뒤돌아보고서야
알았습니다

비바람 불어오던 날
우산이 필요할 때 그때서야
알았습니다

눈에 익어 가는 가을 낙엽이
회색 바바리 깃 속으로
떨어질 때에야 알았습니다

아려오는 가슴이 왜 아픈지
긴 숨을 몰아 내쉬고서야
알았습니다

졸졸 나누는 이야기가
홀로
답변 없는 메아리라는 것도
알았습니다

양쪽 즐비하게 쭈욱
늘어선 운치 있는 길이
멀게만 느껴지는 것도
알았습니다.

보고픔이 두 눈 감게
하는 것도
따스이
잡을 손이 없다는 것도
이제야 알았습니다

살다 보니 살아야 할 날들이
미련까지
떠나보내야 한다는 것도
비로소 알았습니다.

박덕은 作 [빈자리](2017)

# 어떤 상념

– 정경옥

젖어든 노을빛에
눈물이 흘러도
모진 비바람에도
끄덕 않던
아름드리 소나무

수말스런 딸아이 목소리가
가슴에 맺히고
인연들이 호숫가에
노란 수선화와 함께 피어올랐다

꿈 접어 호수에 띄워 보내고
무심히 바라보니
물오리들이
잔잔한 호수를 가르고

피어나는 봄향이
설움 잠재우며
호수에 비친
우아함의 그림자가 옷깃 여민다.

박덕은 作 [물오리](2017)

# 당신

— 정경옥

눈물 틈새로 피어나는 미소는
베갯잇 사이로
가슴 데피고

영혼 쪼아대던 시샘은
안개 속 헤매며
흩트려 놓고 온
추억들로 가득 채우니

맺혔던 순수는 멍울 풀리며
고운 손 내밀며
포근한 뜨락 품어 주고

나풀나풀
봄내음 내뿜어
먼 곳의 고향 소식
냉이밭에 뿌려 준다.

박덕은 作 [냉이밭](2017)

# 광장

– 정달성

눈물의 포효와
알싸함이 버무려지는 곳

따스한 미소 짓는 손이
늑대의 이빨에 맞짱뜨는 곳

거칠고 닳지 않은 묘수들이
훈김 불며 맞잡는 곳

은은한 눈빛들과 촛불의 파도가
넘실대는 곳.

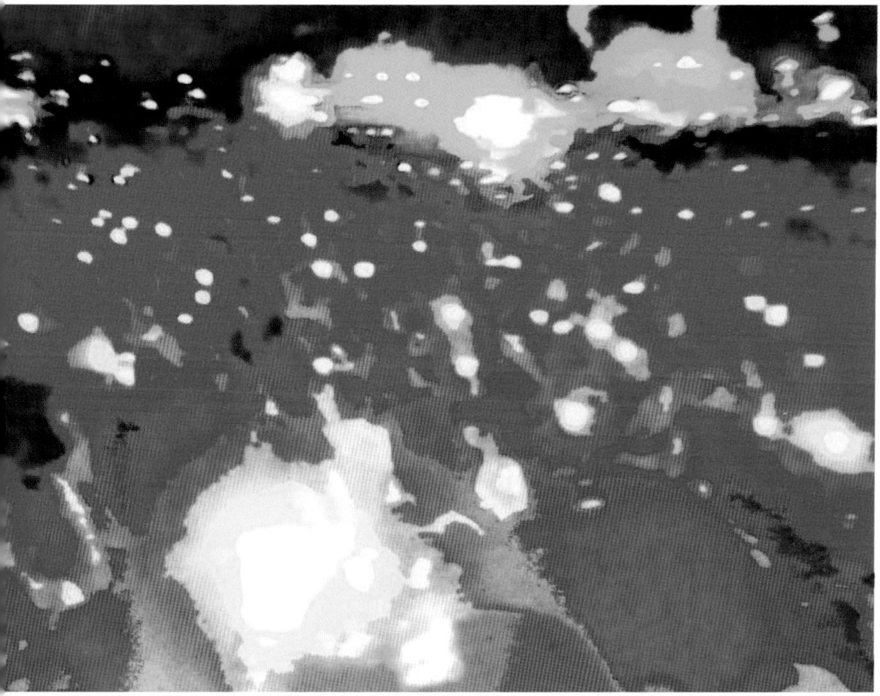

박덕은 作 [촛불 광장](2017)

# 그리움

— 정숙영

안으로 안으로 파고드는 고달픔
아직도 내 삶의 일부인가
주거니 받거니 하면서
고집스럽게 홀로 이겨내네.

박덕은 作 [그리움](2017)

# 겨울비

– 정순애

오늘은
그대랑 사랑하고 싶어지는
뭉클한 날입니다

하루종일 겨울을 울리는
그대지만 왠지
안쓰러워지는 것은 왜일까요

엊그제 오르던 무등산 줄기가
등허리 쑤신다 하더니
그대 때문이었던가요

얼마나 외로웠으면
딱딱 숨막히며 꿈틀거린 노오란 복수초에
생명수 넣어 주나요

어깨 두드리는 느낌조차
왠지 사랑하고 싶어지는 날입니다.

박덕은 作 [겨울비](2017)

# 항아리

— 정순애

하이얀 눈방울이 소리 없이
내려앉습니다

울림이 없어도
고스란히 한구석에 자리잡고
보이지 않는 틈으로 세상을 봅니다

이 녀석 아프지나 않으려나
뭣이 그리도 애타는지 내다보며
마른 주름이 또 하나 접어집니다

그 텁텁한 손으로
동치미 꺼내 들며
멋쩍은 미소 머금고 바라보는 붉은 얼굴

쭈글 쭈글거린 그 안에서
또 하나의
매달린 사랑을 보았습니다.

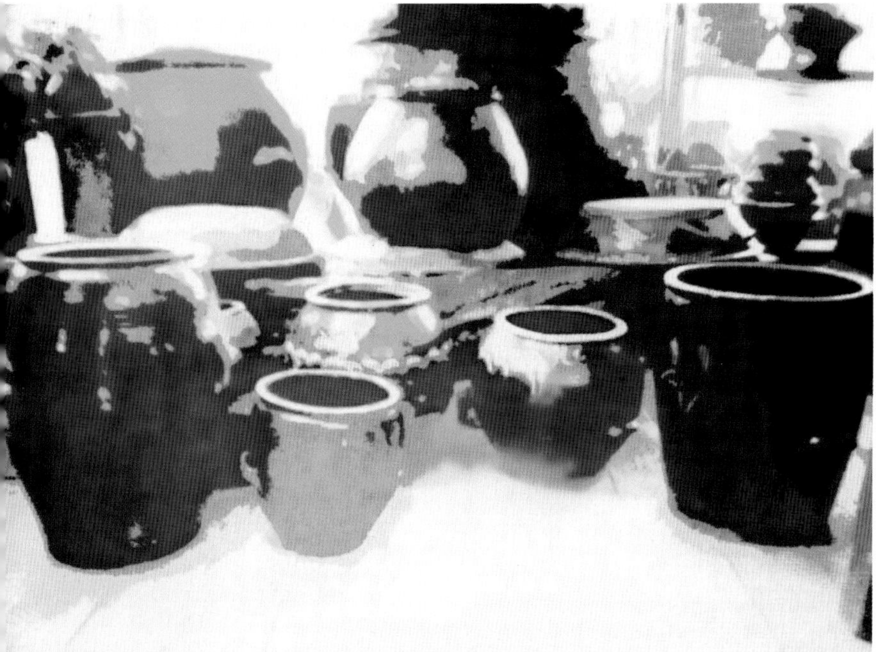
박덕은 作 [항아리](2017)

# 악몽

— 정연숙

수도꼭지 한 방울 덜 잠겨진 채
아침에 알약 한 알 먹고
그렇게 실려간 수술실
허겁지겁 달려온 남편 보고는
살며시 눈이 감긴다

차가 부딪혀 오려 하니까
나도 모르게 등을 젖히듯
이불 속에서도 죽음이 두려워
베개를 위로 밀치고 올라간다

침대 옆에는 큰 절벽으로 이어진 낭떠러지
다른 쪽을 보면 전봇대
그 안에서 빙빙 세 바퀴나 돌고 돈다

저 멀리서 외침과 부르짖음이
내면을 닫는다

살며시 주변을 살피니
파헤쳐진 자리마다 옆으로 나올 피멍들
주머니들이 주렁주렁 몸을 에워싼다

평평한 바람막이 하늘 향해
줄로 매달려 있다

뒤로 빠져나가려 움칫하지만
내 몸이 아닌
큰 무게감에 내맡겨진다.

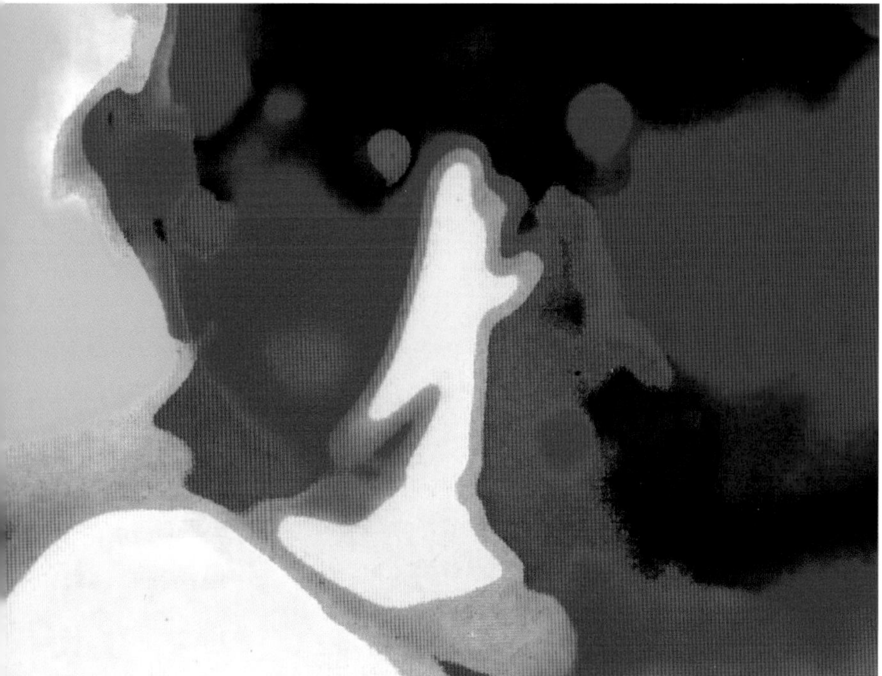

박덕은 作 [악몽](2017)

# 항암 후유증

– 정연숙

가려워 긁으면 무르익은 솔가지
자루 붙잡지 않은 빈손 갈퀴질에
한줌 따라오는 머리카락

하늘하늘 속절없이 흩날리며
다 뿌려져도 와 닿지 않은 장막처럼
모르고 걸어가는 뒷모습이 보인다

다시금 두려워 떠는 마음 달래며
온통 깎은 머리 감으면
부스러기 뚝뚝 떨어진다

뽀얗고 하얀 얼굴이
암담하게 멈춰 선 길에
두상까지 이어져 버렸다

긋고 간 고랑 사이사이로 건너며
볍씨가 천 뚫고 쫑긋쫑긋 올라오듯
군데군데 심겼다

지상과 지하가 어우러져

무엇 하나 꼿꼿이 서 있을 수 없어
밤새 하얀 베갯잇에도 까만 가루 쏟아져

불 밝히기 전 가라앉은 먼지까지
까닭 모를 설움
고랑으로 거품 물고 들어간다.

박덕은 作 [항암 후유증](2017)

## 꽃샘비

– 정예영

창문 마구
흔들지 마세요

머리 풀어헤친 소리
무섭잖아요

날카로운 눈물로
문틈 할퀴대지도 마세요

매서운 성깔에
미소도 떨어져 길에 밟히고
수줍게 망울 터뜨린 하얀 그리움도
찢어진 치마 붙들고 울고 있잖아요

잠시 시간 잠재우고 나면
포근함이
차디찬 마음 녹여줄 거예요

그러니
제발.

박덕은 作 [꽃샘비](2017)

# 연꽃

- 정은미

긴 오솔길에 지친 여름
설렘이 가득 핀 연못

잔잔하면서도 아늑한 그 향기 따라
한참 걸었네

그 향기가
나에게서도 나는 듯

누릿한 가지가 바람에 흔들리면
착 가라앉은 보드란 내음

다시 만나면 말해야지
고마웠다고.

박덕은 作 [연꽃](2017)

# 이어달리기

– 정은아

우리의 설움 풀어헤치며
매화는 달린다

온 세상 노랗게 물들이며
개나리도 달린다

빛으로 피어난 벚꽃
촛불처럼 달린다

흰 쌀밥 듬뿍 이고
이팝나무꽃도 달린다.

박덕은 作 [매화, 개나리,이팝나무꽃](2017)

# 사월의 고독

- 정주이

눈부시게 아름다운 향기로 단장하고
촉촉한 겨드랑이 사이로 파고들어 와
감미로운 열기로 잠꼬대한다

봄이 오는 길모퉁이
노을에 걸린 햇살이
꼬리 흔들며 발자국 새기듯
파란 추억 한 울 한 올 수놓는다

파도가 밀려온 모래섬에
황혼이 지면
등불처럼 가슴속에 숨어 있는 그리움 꺼내
쉬엄쉬엄 엇갈린 순간 속에
여백 채우고 있다

바람 가는 대로 길 잃은 나침판 위에
외로운 집시처럼 웅크린 채 고개 숙인다

마로니에 잔별이 지면
내뿜는 연기 속에서
맴돌다 맴돌다
조용히 밤을 태워 버린다.

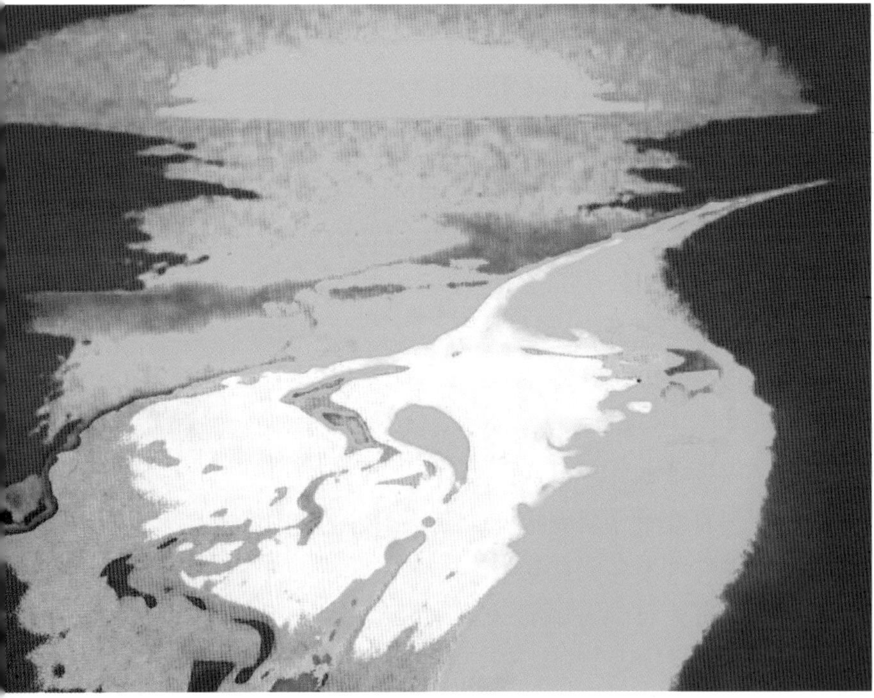

박덕은 作 [모래섬](2017)

# 봄을 기다리며

– 정주이

강둑 가로지르는 실안개 사이로
가슴 시리도록 풋풋한 초록꿈이
아스라이 곡선 타고 흐르면

진한 향기는
고고한 전율로 신비로움 마시고
햇살의 기다림으로
계곡의 여울목 돌고 돌아 나온
아지랑이는
풀잎 위로 살며시 내려앉는다

정글의 미로처럼
벼랑 끝에 두고 온 설렘은
산등성이에 걸터앉은 싱그러움에게 빨리 내려오라 보채고

콧등에 스치는 실바람은
기지개 편 맘자락에 숨 고르며 쉬어 가고
해풍에 젖은 외로움은
목마름 한 사발 꿀꺽 꿀꺽 들이마신다.

박덕은 作 [봄을 기다리며](2017)

# 그리움

– 조숙희

몇 날 며칠 소식을 기다렸는데
어찌하여
그림자도 흔적도 남기지 않는지

언제까지 이토록
애타게 눈물짓고 있어야만 하는지
사연이라도 보내 줄 수는 없는지.

박덕은 作 [기다림](2017)

# 나의 당뇨병

— 조정일

달콤한 속삭임이 침을 흘리고
농익은 바람새 코끝에 앉히면

손놀림을
허술한 구멍 속으로
자꾸만 쑤셔 넣는다

스르르 미소가 실핏줄 타고 흐르고
게으른 잠은
풀무로 풍선을 부풀리고 있다

샛강은 징검다리 더디 건너다
낚싯줄에 걸린
수백 개의 바늘에 찔려 헐떡거린다

파닥거리는 날갯짓이 안개에 걸리면
안으로 파고드는 끈적한 노래가 삭신을 옭맨다

하얀 벽에 검은 피가
질펀히 신음할 때
다급한 소리 아스라이 떠간다.

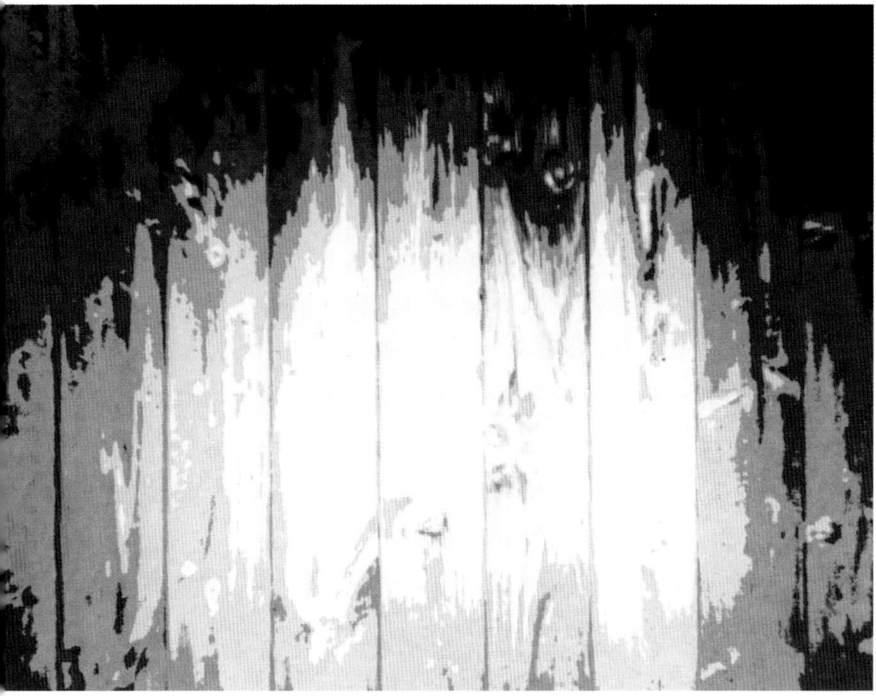

박덕은 作 [벽](2017)

# 쪽파

– 조정일

파란 들 한켠 바구니에 담아 와
겨우내 입었던 누런 옷 벗기면
드러난 하얀 속살

옛애기들의 손놀림 사이로 끼어들어
고개 끄덕 맞장구로 반쯤 벗은
봄내음이 소복하다

소금 살살 뿌려 두었다가
양념으로 화장해
햇살 섞이도록 그늘 피해 자리잡으면
장독가 친정어미 곰살맞게 떠오른다

시침의 기울기가 길게 늘어지면
실한 놈 살짝 데치어 맛깔나게 단장하고
방그레한 미소가 문턱을 넘어오면
조신하게 똬리 틀고 식탁에 오른다.

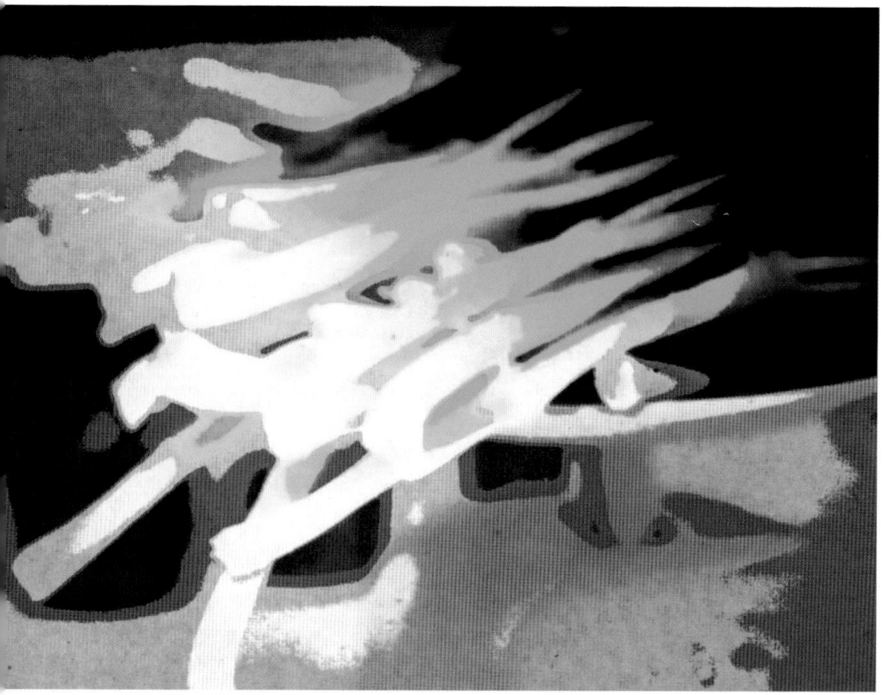

박덕은 作 [쪽파](2017)

# 우울증

– 최기숙

가을이 지나도
잎들은 한곳만 응시하고 있다
점점 헉헉거린다

초조한 잎들은
저마다 허우적거린다
몸부림치는 절박함은
허공으로 흩어져만 간다

숨은 고통이 퉁퉁 부어오를 즈음
예고 없이 돌개바람이 휘몰아친다

잎들은
앞뒤 옆으로 시선 돌려 가며
당당해지기 시작한다

봄으로 가는 길목에서
이젠 기지개도 펼 수 있고
다정하게 속삭일 수 있다

잎들의 춤사위는

저쪽 산허리를 휘감고 있다
웅장한 교향곡을 끌고서.

박덕은 作 [우울증](2017)

# 역류

– 최기숙

포물선을 그으며
떠난다
소중한 지금을
안내하기 위해

산으로
바다로
소용돌이치는
비바람을 가르며
떠난다

그냥
그냥.

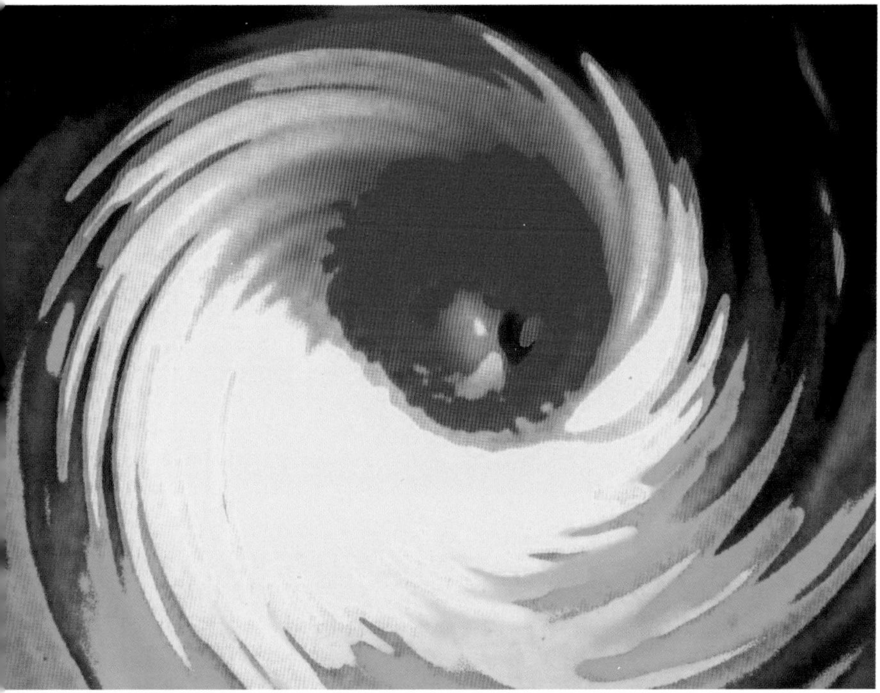
박덕은 作 [소용돌이](2017)

# 있는데

– 최비건

싸리나무 울타리에
기대어 핀 해바라기

나도 그러고픈
얼굴 하나 있는데

마음 온전히 드리고픈
그리움 하나 있는데

사랑해도 되느냐고 물을 때마다
응 하고 대답해 주는
보고픔 하나 있는데

늘
목마름으로 바짝바짝 타다가도
비라도 내리는 날엔
나에게로 금방 달려올 듯한
당신이 내게도 있는데.

박덕은 作 [해바라기](2017)

# 꽃과 나비처럼

– 최비건

그대가 나에게 오면
수줍습니다

발자욱 소리만 들어도
그대인지 바람인지
금방 압니다

움츠렸던 속을
힘껏 펼칩니다

목젖까지 열어서
향기 담아 주고
기억하게 하고파서

멋쩍어 일렁일렁 주변만 맴돌다
품속에 숨어 버리면
나는 또 수줍습니다

찬기운 느껴지면
더 화려하게 단장하고
그대를 수줍게 기다리겠습니다.

박덕은 作 [꽃과 나비](2017)

# 아리랑

— 최세환

달빛 풍요로워 깊은 밤
말발굽 소리 서러움 누비질한다

말 등에 올라 도래질한 한숨
꼭꼭 삭힌 슬픔 훑어 깊은 샘 메꾼다

옷고름 매무새로 흘러가는 저녁
홰치는 닭 울음에
치떠는 숨소리 바삐 헉헉거린다

아침 햇살이
여인의 손끝 머물러
기어이 빨간 끝동 대어 감침질한다

말고삐 잡고 계절 달래던
꽉 찬 서러움도
아픈 무릎도
감싸 안은 흙무덤 되어
산자 봉우리에 훠이훠이

삽날 세워 써레질하고

알알이 잘 여문 고개 넘던
그 소리 그 모습

동지섣달 내리는 눈발 바라보며
바리안베 한 필 접어 바리때 담던 쪽머리
휘감치는 소리 달달달 밤을 풀어
유똥 치마저고리 부화시킨다

거들지 매단 옷소매 하늘 향해
훨훨 펼치던 울 엄니
한 마리 말발굽 소리만 물고 새벽을 날아간다.

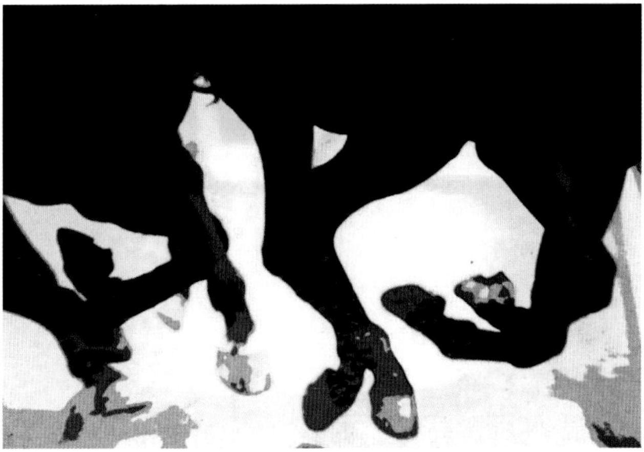

박덕은 作 [말발굽 소리](2017)

# 청산도

– 최세환

돌담 이끼꽃이
청록색 바람 쐬며 살고 있는 곳
굼실굼실 짙푸른 산자락 흐르고

하늘 골짜기에서
뻐꾸기 우는 소리
능선 위로 곰삭아 껄껄한 수리성
'아리랑' 한 가락 느리게 걸어오며
진양조 보따리 펼친다

여백의 아름다움 갯바람 어깨
들썩이며
한달음쳐 온다

구멍 송송한 돌담길
해뜰랑 해질랑
고운 전설 오르락내리락

당리 언덕 청보리밭
앉은 듯 서 있는 단정한 구들장 논
나를 이끌어 여유로운 바다를

보여 준다

배 부두에 발목 묶인 침묵
껴안아
혼자 그리워 가슴으로
보라기미의 짙은 청색 길
걷고 있다

유채 꽃송아리 한데 모이며
활짝 웃는다

보고픔의 큰 너울을 깨지지 않게
김발 엮어 띄워 본다

뒷짐진 풀등해변
갯돌 마을 고개 숙이며
해송숲 어우러져
솔향 풋풋한 바닷가
철없이 그리움 안고 떠난다.

박덕은 作 [청산도](2017)

# 이명

– 최승벽

낮은 땅에서 가끔씩
푸석이는 바람 소리

기다림을 흐름에 맡겨
슬며시 등을 댄다

여울져 내리는
머나먼 여행길

흔들리는 발자욱이
물음으로 남아

떠나보내려는 숱한 밤
꼭대기에서 잠들어 간다.

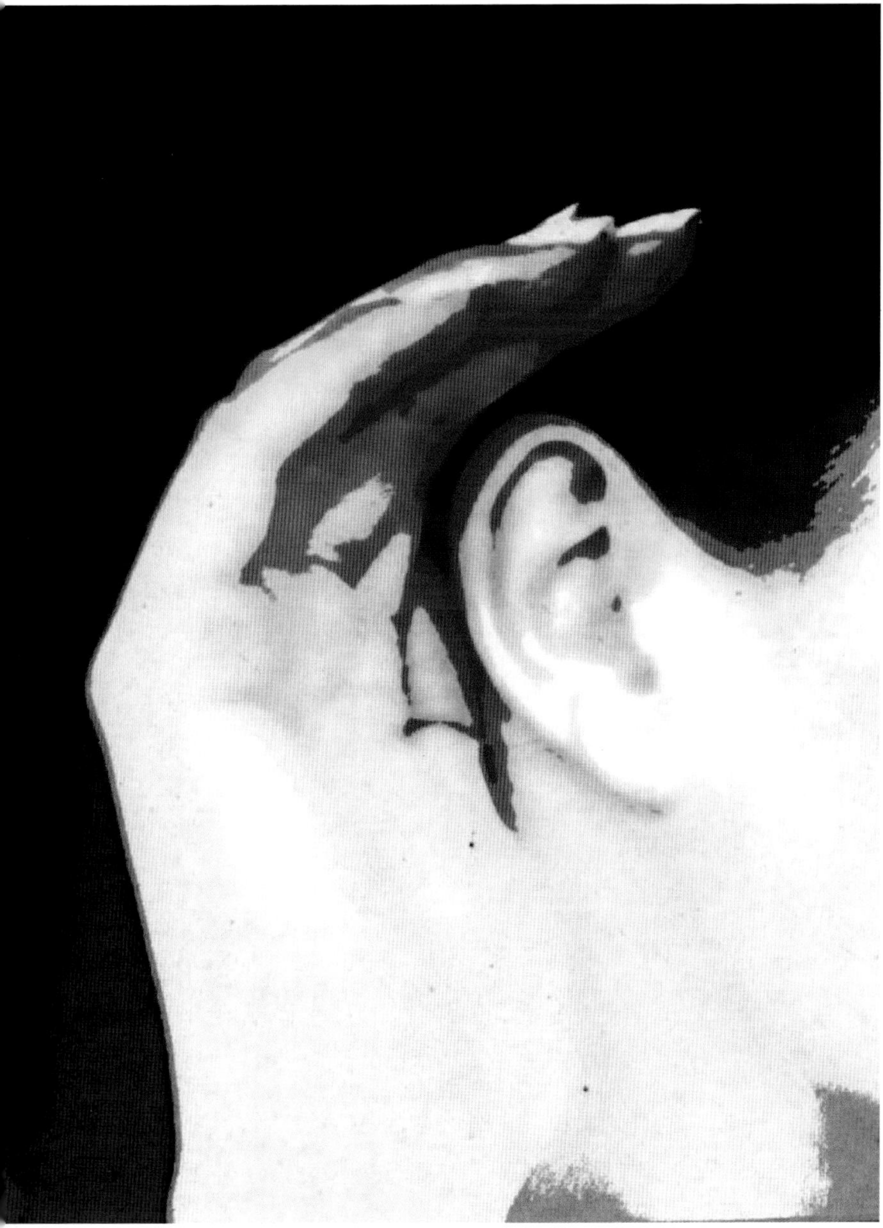

박덕은 作 [이명](2017)

# 빈집

— 최승벽

또 하루를
천천히
구부린다

뜨락에
허기만
떨어져 내리고

머뭇거리는 계절에
그을려
수심 가득하다

마당 어귀 장독들은
하나 둘 발자취
비워 가고

인적 드문 고샅은
잠길 사연
끌어안고

돌담 사이로

무심한 허공만
꿰매고 있다.

박덕은 作 [빈집](2017)

## 어떤 멍울

― 황귀옥

아버지와 아들이
젖떼기 송아지 한 마리 우시장에서 샀지요
아버지는 아들에게 집으로 몰고 오너라 이르고
차 타고 혼자 집에 갔지요

아들은 칠십 리 험한 길 목줄 하나로
힘들어 자꾸자꾸 주저앉는 송아지
달래고 얼르고 가녀린 어깨로 절뚝이며
휘영청 달을 보고 한숨 지으며
쏟아지는 별빛으로 목을 축였지요

아들은 긴 세월
옹이진 눈으로 아버지를 바라보다
백발의 황혼자락
저 세상으로 간 뒤에야
아련한 추억 곱씹어 먹다
명치 끝 멍울 찾아내 토해냈지요

손에 잡힐 듯 도망치는 달을 잡으려고
뼈마디 으스러지게 뛰어왔지요
내 품에 금쪽같은 송아지 선뜻 안겨 준 뜻

이제야 목이 메어
별빛으로 채웠지요.

박덕은 作 [송아지](2017)

## 달

- 황귀옥

덜커덩 덜커덩
주홍빛 수레바퀴 한 짝

덜커덩 덜커덩
구름 싣고 달린다

덜커덩 덜커덩
바람 따라 달린다

덜커덩 덜커덩
꿈 향해 달린다

덜커덩 덜커덩
짝 찾아 달린다.

박덕은 作 [달](2017)

# 고구마

— 황애라

비닐 봉지 열었다
주먹만 한 몸뚱이들
부비고 설킨 자리

부끄럼도 없이
마냥 방싯거린다

맺지 못한 말 남기는
올해 겨울
왠지 모질지 못해

계절 끝 모퉁이를 들어서고도
여전히
밀봉된 징검돌 놓을 뿐

웅크림은 기웃거리며
정체된 경계 풀어
잎을 내지만

매듭을

마름질하는 동안
제 철 아닌 소식에
귀 씻는 바람

철모르는
푸른 아우성만
물컵 위로 내뻗는다.

박덕은 作 [고구마](2017)

# 등대

— 황애라

계절 꺾어 물어 온 기억
아슴하게 물들이고
하늘 안고 선 등대의 눈이
바다보다 파래지는 한철

철썩 철썩
지칠 줄 모르는
철새 떼 소리
하늘로 오른다

검버섯 덕지덕지 훈장처럼 달고
두 눈 늙어 가는 줄 몰라
해풍에 까슬해진 피부가 세월을 덮는다

멀리 모래사장을 뒹굴던 하루가
밤 그늘에 가지런히 잠기면

더욱 휘휑하게 드러나는 슬픈 눈
아직은 설 만하다 말하는 어미의 주름이
바닷 물결 닮았다.

박덕은 作 [등대](2017)

# 페인트칠

– 강보미

아빠는 큰 붓으로
쓱싹쓱싹

엄마는 작은 붓으로
쓱싹쓱싹

나는 꼬마 붓으로
톡톡톡톡

아름다워진 우리집
예쁘게 변한 내 손톱.

박덕은 作 [페인트칠](2017)

# 눈 오는 날

– 강승우

어른들의 생각은 눈 같다
자꾸 걱정이 쌓여만 가거든

아이들의 생각도 눈 같다
새하얗거든

시간들도 눈 같다
녹아 사라져 버리거든.

박덕은 作 [눈 오는 날](2017)

# 선물

– 강창우

나비넥타이를 하고 있어
입장하는 신랑처럼

속을 감추고 있어
진주 숨기는 조개처럼

즐겁게 해줘
개그맨처럼

모두 좋아해
사랑하는 엄마처럼.

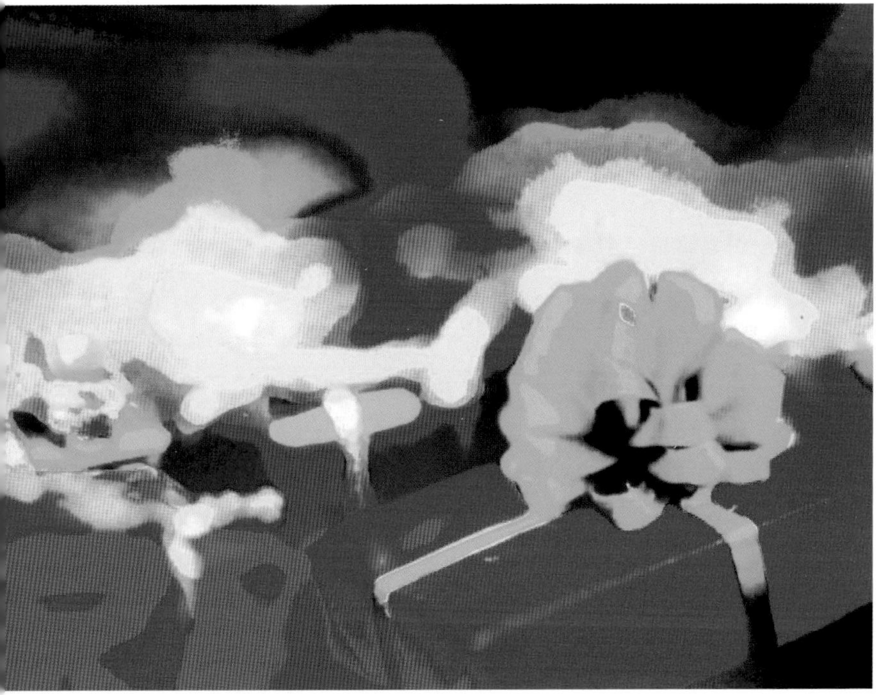

박덕은 作 [선물](2017

## 카레

– 김다은

부끄럼 당근
새침떼기 감자

매콤 양파
달콤 사과

모두 모여
알록달록

노란 카레가
병아리 닮아
병아리 밥 되었어요.

박덕은 作 [카레](2017)

# 조개 잡기

– 김서윤

쑥쑥 하나
쑥쑥쑥 또 하나
조금밖에 안 나온다

저기 있는 할머니
쑥 셋
쑥쑥 다섯
잘도 캐신다.

박덕은 作 [조개 잡기](2017)

# 눈

– 김시훈

펄펄
잘도 내린다

눈싸움할까
눈사람 만들까

너무
헷갈린다

에라 모르겠다
둘 다 하기로 했다.

박덕은 作 [눈](2017)

# 무지개

– 박건우

신나서
하늘에서 뛰어다니는
일곱 난쟁이 같아요

비가 오면
빗방울 타고 내려와
놀아요

해님이 솟으면
구름 뒤에 숨어
숨바꼭질해요.

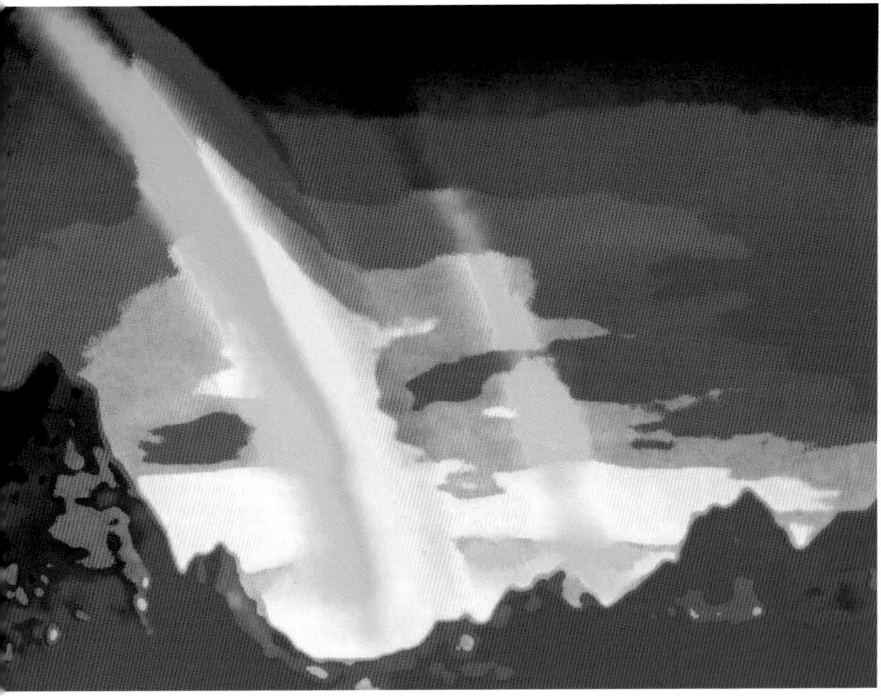

박덕은 作 [무지개](2017)

# 나비

– 박범우

나비야
이리 와
나랑 놀자

나비 님
이리 오세요
함께 놀아요

나비 님
자꾸 말 안 들으면
우리 엄마가
나비야 한다.

박덕은 作 [나비](2017)

# 반복되는 일상

– 박주병

난 항상 야간 근무자다. 그래서 오후 되면 5시쯤 출근 준비를 한다. 운동 삼아 지하철역까지 15분 가량 걸어간다. 네 정거장 정도 타고 가면 문득 생각 하나 고개 든다. 지하철에 할아버지 할머니 타고 있지 않은가.

아, 나도 벌써 훌쩍 60대 중반이구나. 벌써 내 나이가 이렇게 되다니. 서글퍼지려고 한다. 나도 언제간 저렇게 늙어 가겠지. 이제 많이 살아야 고작 20~30년일 텐데. 그리 산다고 장담할 수도 없지만 말이다. 그것도 아프지 않고 건강해야 할 텐데. 잠시나마 뒤돌아보고 내다볼 수 있는 시간. 지하철에서의 시간.

건강해야 행복할 수 있겠지. 갑자기 아파 병원에 입원하게 되어 산소 호흡기 꽂고 먹지도 못하고 누워만 있다면?

나는 그렇게는 되지 말아야지. 새삼 다짐해 본다. 튼튼한 다리로 걷고 싶을 때 걷자. 아무거나 잘 먹자. 나의 건강이 최고의 행복이니까.

출퇴근 시간이 잠시나마 나에겐 소중함을 깨닫게 하는구나.

지하철 노선이 네 정거장을 지난다. 7시부터 주차 요금 정산소에 근무하다 보면 별의별 것 다 있다.

특히 고급 중형차, 외제차들, BMW, 아우디, 밴츠의 운전자들은 추가 요금이 1500~2000원 가량 나오면 내지 않으려고 생떼를 부린다. 어떤 이는 영수증이 트렁크에 있다고도 한다. 한두 번 속아 넘어가 주기도 한다. 그런데 소형차는 참 착하다.

12,000원이나 9,000원쯤 요금이 나와도 고분 고분 잘도 낸다. 그래서 어떤 때는 1시간 할인해 주기도 한다. 어떤 이는 경차 할인 안 되느냐고 물어보기도 한다. 그러다 보니 벌써 새벽이 다가온다.

뒤돌아보니 바로 옆에 횡단보도가 있지만 모두들 빨간 신호인데도 그냥들 건너간다.

낮에는 신호를 잘 지키지만, 밤에는 거의 지키지 않는 듯하다. 그걸 보고 나면 사람의 심리가 이상하다는 생각이 든다.

밤에는 누가 안 본다고 가는가 보다.

밤근무 마치고 퇴근할 시간. 좋다 좋아. 얏호.

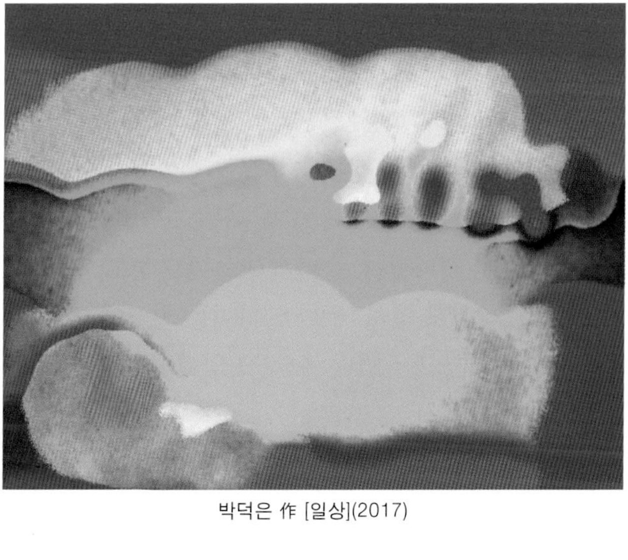

박덕은 作 [일상](2017)

# 다락방 고양이들의 모험

– 정은희

옛날 옛날에 한 고양이 가족이 살았지. 마음씨 착한 엄마 고양이와 아기 고양이 5마리가 살았어. 숲속 작은 집 다락방에 살았지. 작은 창문 하나 없는 다락방 말이야. 환풍기 틈새로 새어드는 햇살 몇 가닥만으로도 달디단 낮잠이 드는 아늑한 곳이었어.

다락방에는 오랫동안 쓰지 않고 잊혀진 물건들이 아주 많았어. 그래서 아기 고양이 5마리가 숨바꼭질하기에 딱 좋았지. 하니와 두니는 주황색 바구니 속에 같이 숨었어. 엄마를 닮아 주황색 털을 가졌거든. 두니와 세니는 알록달록한 이불보따리 뒤에 함께 숨었지. 엄마 아빠를 골고루 닮아 얼룩배기 털을 가졌거든. 아빠를 닮아 까만색인 막내 다니는 늘 술래였어.

엄마 고양이는 주황색 줄무늬 털옷을 입고 매일 일하러 나갔어. 바로 쥐를 잡는 일이었지. 쥐 한 마리를 잡을 때마다 1,000원씩 돈을 벌었어. 고양이 가족은 가난했지만 시끌벅적 재미나게 살았지.

엄마 고양이는 일주일에 한 번 쥐 잡는 일을 쉬었어. 쉬는 날엔 고양이 마을 시장에 갔지. 아기 고양이들은 다락방에서 엄마를 기다렸어. 숨바꼭질 놀이도 하고, 잡기 놀이도 하고, 낮잠도 잤지. 엄마 고양이는 시장에 아기 고양이들을 데려가고 싶었어. 아기 고양이들이 얌전히 구경만 하고 엄마만 따라다닌다면 말이야.

고양이 마을 시장 입구부터 반찬 가게가 죽 늘어서 있었지. 엄마 고양이는 입맛 당기는 매콤짭쪼름 고등어 양념구이 앞에서 한참 생각에 잠겼어. 바로 옆에는 아기 고양이들이 좋아하는 달콤삼삼 멸치볶음이 놓여 있었지. 고양이 시장엔 뭐든지 있었지만, 엄마 고양이는 늘 돈이 부족했어. 그래서 아기 고양이들이 좋아하는 음식을 골랐지.

반찬 가게 옆에는 요리 기구를 파는 가게가 있었어. 생선구이를 하면 딱 좋을 프라이팬이 엄마 고양이 눈에 들어왔지. 손잡이에 예쁜 요정 그림이 붙어 있었어. 한참을 망설이다가 그 프라이팬을 샀어.

이제 지갑 속에는 돈이 얼마 남지 않았지. 엄마 고양이는 다락방 안에서만 노는 아기 고양이들이 불쌍해졌어. 그래서 장난감 가게에도 들렀어. 하니가 좋아하는 공작새 깃털, 두니가 좋아하는 털실, 세니가 좋아하는 종이상자, 네니가 좋아하는 유리구슬 앞에서 또 생각에 잠겼지. 엄마 고양이는 결국 막내 다니가 좋아하는 새앙쥐 장난감 하나를 골랐어. 음식이랑 프라이팬을 사느라 장난감은 하나밖에 사지 못해서 마음이 아팠지.

엄마 고양이는 음식이랑 장난감이랑 프라이팬을 들고 집으로 돌아왔어. 아기 고양이들은 새앙쥐 장난감 하나로 노느라 '우당탕 쿵쾅' 야단스러웠지. 엄마 고양이는 요리를 하려고 새로 사온 프라이팬을 불 위에 올려놓았어. 그런데 프라이팬에서 요정이 톡 튀어나온 거야.

"고양이 도서관에 가서 '맛있는 요리법'이란 책을 빌려오렴. 그래야 우리 요정 대왕님 병을 고칠 수 있단다. 요정 도서관에 불이 나서 요리법 책이 모조리 타 버렸거든. 시간은 딱 3일뿐이야. 3일이 지나도 '맛있는 요리법'책을 못 찾으면 우리 요정 대왕님은……."

그래서 엄마 고양이는 고양이 도서관에 갔어. 요정의 말대로 말이야. 그런데 그 '맛있는 요리법'이란 책을 누가 빌려가 버린 거야. 엄마 고양이는 도서관 사서에게 물었어.

"그 책을 언제 빌릴 수 있나요?"

"일주일 후가 반납일이에요."

하지만 요정에게 남은 시간은 3일뿐이었어. 엄마 고양이는 고양이 사서에게 요정의 딱한 사정을 이야기했어. 사서는 특별히 그 책을 빌려간 할머니 고양이 집을 가르쳐 주었어. 다행히 도서관 가까이에 살고 있었지. 엄마 고양이는 부리나케 그 할머니 고양이 집으로 뛰어갔어. 초인종을 몇 번이나 눌렀지만 아무도 나오지 않았어.

"할머니, 할머니!"

몇 번이나 할머니를 불렀지. 그 소리를 듣고 옆집 할아버지 고양이가 나왔어. 할머니 고양이와 친구 사이였지. 할머니는 바닷가 마을로 여행을 갔다는 거야. 아픈 손자를 위해 요리를 만들어 주려고 말이지. 엄마 고양이는 공손하게 요정의 딱한 사정을 이야기했어. 할아버지 고양이는 손자가 사는 곳을 가르쳐 줬지.

다음날 아침, 엄마 고양이는 서둘러 길을 떠날 준비를 했어. 아기 고양이 다섯 마리를 데리고 말이야. 아빠가 없는데 집에 아이들만 두고 갈 수는 없잖아. 엄마 고양이는 떠나기 전에 다락방을 둘러보았지. 시장에서 사온 새앙쥐 장난감이 벌써 부서져 있었어. 엄마 고양이는 새앙쥐 장난감 꼬리를 가방에 챙겨 넣었지. 새로 산 프라이팬도 챙겨 넣었어. 언제 요정이 튀어나올지 모르잖아. 마지막으로 다락방 문 앞에 종이 한 장을 붙였지.

'급한 일이 생겨 바닷가 마을에 다녀올게요.'

혹시 그 사이에 돌아올지도 모르는 아빠 고양이에게 남기는 편지였어.

고양이 마을엔 고양이 기관사가 끄는 기차가 있었어. 그 기차를 타면 바닷가 마을까지 한 시간밖에 걸리지 않았지. 하지만 엄마 고양이는 기차표를 살 돈이 없었어. 그래서 바닷가 마을까지 걸어가기로 했지. 아기 고양이 다섯 마리는 얌전히 줄을 서서 엄마 고양이를 따라갔어. 처음 나와 본 바깥 세상은 신기한 것들로 가득 차 있었지.

엄마 고양이 눈을 닮은 봄 햇살, 코끝을 간질이는 바람, 새잎으로 반짝이는 나무, 향기로운 풀꽃들. 하얀 민들레꽃 위로 노랑나비가 날아왔지.

하니는 나비를 쫓아다니고, 두니는 하니 꼬리를 쫓아다니고, 세니는 두니 꼬리를 쫓아다니고, 네니는 세니 꼬리를 쫓아다니고, 다니만 엄마 꼬리를 쫓아다녔지.

엄마 고양이는 얌전히 따라오라고 소리쳤어. 하지만 아기 고양이들에겐 들리지 않았어. 엄마 고양이는 장대 끝에 부서진 새앙쥐 장난감 꼬리를 매달고 뛰어갔어. 생쥐 꼬리를 잡으려고 아기 고양이 다섯 마리가 줄줄이 따라왔지.

고양이들은 그렇게 한참을 달렸어. 엄마 고양이는 무릎도 아프고, 숨이 찼어. 하지만 하니, 두니, 세니, 네니, 다니는 신이 나서 달렸어. 그래서 엄마 고양이도 힘껏 달렸지. 힘껏 달리다 보니 새앙쥐 꼬리가 세찬 바람에 날아가 버렸지 뭐야. 다니가 덤불 속으로 사라진 새앙쥐 꼬리를 따라 뛰어 들어갔어. 하니, 두니, 세니, 네니도 따라 들어갔지.

'붕붕붕…….'

아기 고양이들이 덤불 속에 있는 벌집을 건드린 거야.

"으앙!"

콧망울이 빨갛게 부어오른 다니가 울면서 뛰어나왔어. 화가 난 벌들이 뒤쫓아왔지. 고양이 가족은 쏜살같이 내달렸어.

"저기 바위 밑으로 숨어."

엄마 고양이가 소리쳤어. 고양이 가족은 언덕 위 커다란 바위를 향해 있는 힘껏 달렸어. 발빠른 하니가 제일 먼저 바위 밑으로 숨었지. 두니, 세니, 네니도 꽁꽁 숨었어. 마지막으로 엄마 고양이와 다니가 간신히 벌들을 피해 바위 밑으로 들어갔어. 벌들이 바위 위를 맴돌며 윙윙

거렸지. 고양이 가족은 벌벌 떨며 바위 밑으로 더 몸을 웅크렸어. 그러다가 바위 밑을 아슬아슬하게 받치고 있던 돌멩이 하나가 빠져버렸지 뭐야. 기우뚱거리던 바위가 언덕 아래로 덱데굴 덱데굴 구르기 시작했어.

"으아아아!"

"어서 달려!"

고양이 가족은 바위를 따라 달리기 시작했지. 벌떼도 계속 쫓아왔어. 벌떼가 윙윙거리며 막내 다니의 꼬리를 막 공격하려는 순간이었어. 구르던 바위가 나무 둥치에 '턱' 걸려 멈춘 거야. 쫓아오던 벌떼는 바위를 뒤덮었어. 고양이들은 이틈을 타 냅다 바위를 앞질러 도망쳤지.

'콰지직!'

얼마 안 가 커다란 바위에 깔린 나무 둥치가 부서져버렸어. 이번엔 바윗덩이가 무시무시한 속도로 쫓아왔지. 고양이 가족은 언덕 아래로 바람처럼 내달렸어. 커다랗고 새까만 바위가 고양이 가족을 덮치려던 순간, 바위가 살짝 방향을 틀었지 뭐야. 신나게 구르다 돌부리에 걸려버렸던 거지. 끈질기게 쫓아오던 벌들은 바윗덩이를 쫓아갔어.

고양이 가족은 겨우 위험을 피하고 바닥에 털썩 주저앉았지. 벌에 쫓기고 바윗덩이에 쫓겨 도착한 곳은 강가였어. 강을 건너야 하는데, 고양이들은 원래 물을 싫어하잖아. 헤엄칠 생각만 해도 온몸의 털이 바짝 설 정도였지. 엄마 고양이는 강물을 바라보며 생각에 잠겼어.

그런데 통나무 하나가 강가로 떠내려 온 거야. 엄마 고양이는 통나무에 올라탔어. 아기 고양이 5마리도 차례로 올라타는데, 막내 다니가…

"엄마, 살려주세요!"

물에 빠진 다니가 허우적대며 소리쳤어. 다니는 통나무에서 멀어져 갔지. 엄마 고양이와 하니, 두니, 세니, 네니는 발만 동동 굴렀어. 엄마 고양이가 용기를 내서 물속으로 뛰어들려는데, 다니 주변에 갑자기 물보라가 일어났어. 물속에서 나온 건 수달 아저씨였지.

"제발 우리 막내를 구해 주세요."

엄마 고양이가 간절하게 부탁했어.

"그 통나무는 내 꺼예요. 집을 짓는 중에 실수로 떠내려간 거죠."

수달아저씨는 통나무를 붙잡으며 말했어.

"통나무를 돌려드릴 테니 어서 우리 막내 좀 살려 주세요."

엄마 고양이의 눈에서 눈물이 뚝뚝 떨어졌어. 수달 아저씨는 통나무 위에서 달달 떨고 있는 고양이 가족을 바라보았어. 아저씨의 까만 눈망울에 어린 아기 고양이들의 모습이 올망졸망 비쳤지. 아저씨는 물속으로 사라지는가 싶더니 다니를 머리 위에 태우고 나타났어.

"정말 고마워요."

엄마 고양이는 다니를 꼭 끌어안고 말했어. 그리고 아주 공손하게 요정의 딱한 사정을 이야기했지. 할머니 고양이가 빌려간 요리책 이야기도, 바닷가 고양이 마을에 사는 아픈 손자 이야기도 했어. 강가까지 오면서 겪은 일들도 덧붙여서 말이야.

"아, 바닷가 고양이 마을의 그 똘망똘망한 고양이 말이군요. 고양이 주제에 물을 안 무서워하는 재미있는 녀석이죠. 얼마 전에 물고기를 잡겠다고 까불까불하다가 물속에 빠졌는데, 감기에 걸린 모양이군요. 그렇게 모험심 강하고 야무진 고양이는 처음 봤다니까요."

수달 아저씨는 고양이 가족을 강 건너편까지 데려다주기로 했어.

"대신 움직이지 말고 통나무를 꽉 붙들고 있어야 한단다."

아저씨는 수염을 세우며 아기 고양이들에게 당부했지. 그러고는 통나무를 밀며 강을 가로질렀어. 강 건너에 도착한 수달 아저씨는 바닷가 마을로 가는 지름길까지 친절하게 가르쳐 주었어. 고양이 가족은 수달 아저씨에게 고맙다는 인사를 하고 또 달리기 시작했어.

바람을 타고 군침 도는 생선 냄새가 실려 왔지. 이제 새앙쥐 꼬리도 필요 없었어. 아기 고양이들은 바닷바람을 따라 한 줄로 내달렸어. 할머니 고양이 손자의 집 문을 두드릴 때, 해님이 바다를 향해 떨어지고 있었지. 문을 열고 나온 건 할머니 고양이의 손자였어.

"숲속 고양이 마을에서 오신 할머니 안 계세요?"

엄마 고양이는 고양이 도서관에서 빌린 책을 받으러 왔

다고 말했어. 물론 고양이 요정의 딱한 사정도 말했지.

"우리 할머니는 아파서 누워 계세요. 저를 위해 먼 길 오시느라 병이 났지 뭐예요. 할머니를 위해 맛있는 생선요리 해 드리고 싶은데, 요리를 못 해요. 엄마는 안 계시고, 아빠는 매일 늦게 집에 들어오시거든요. 그래서 '맛있는 요리법' 책이 꼭 필요해요."

손자 고양이가 슬픈 표정으로 말했어.

'꼬르르륵…….'

침대에 누워 있는 할머니 뱃속에서 나는 소리였어.

"아픈 할머니를 위해 요리를 해 줄게. 요리라면 자신 있어. 생선요리를 특별히 잘하지."

엄마 고양이가 말했어. 생선요리라는 말을 듣고 손자 고양이 뱃속에서도, 아기 고양이들 뱃속에서도 소리가 났어. 저녁밥 먹을 시간이 되었던 거야.

"그럼……. 우리집에서 다 같이 저녁밥을 먹으면 어때요?"

손자 고양이는 '맛있는 요리법' 책을 내놓았어. 엄마 고양이는 뛸 듯이 기뻤지. 엄마 고양이는 저녁밥 요리를 시작했어. 집에서 챙겨온 프라이팬을 불에 올려놓았는데, 또 요정이 불쑥 튀어나왔어.

"하룻밤만 그 요리책을 빌려 줘요. 요정 대왕님의 병을 고치고 돌려줄게요."

요정이 할머니 고양이에게 공손하게 부탁했어. 맛있는 생선요리 냄새에 기운을 차린 할머니고양이는 그러라고

했지. 단, 반납일은 꼭 지켜야 한다고 당부했어.

'꼬르르륵…….'

요정의 뱃속에서도 요란한 소리가 들려왔지.

"요정님도 우리와 함께 저녁밥 먹고 가요. 아직 하루의 시간이 남아 있잖아요."

손자 고양이는 요정도 저녁 식사에 초대했어.

"빨리 돌아가서 요정 대왕님의 병을 고칠 수 있는 요리를 만들어야 해."

마음씨 착한 엄마 고양이는 요정에게 생선 도시락을 싸 주었어. 그리고 고양이들은 식탁에 다 같이 모여 앉았지. 엄마 고양이가 만든 생선요리는 정말 맛있었어. 매콤짭짤하면서도 달콤상큼한 맛은 모두를 즐겁게 했지.

다음날, 숲속 마을 다락방으로 돌아온 엄마 고양이가 저녁밥 요리를 하고 있었어. 프라이팬에서 또 요정이 튀어나왔지.

"요정 대왕님은 어떻게 됐어요?"

엄마 옆에서 부서진 새앙쥐 장난감을 가지고 놀던 막내 다니가 물었어.

"요정대왕님 병은 다 나았지. 보답으로 소원 한 가지를 꼭 들어주고 오라고 명령하셨어."

엄마 고양이는 무슨 소원을 말해야 할지 곰곰이 생각하고 또 생각했어. 다락방을 휘젓고 다니며 잡기놀이를 하던 하니, 두니, 세니, 네니도 생각에 잠겼지.

"장난감 하나를 넣으면 다섯 개가 되는 보물 상자!"

막내 다니가 다락방이 울리도록 큰 소리로 소원을 말했어.

"우와! 나도 나도!"

하니, 두니, 세니, 네니가 합창을 했어. 엄마 고양이의 웃음소리에 환풍기 틈새를 비집고 들어온 달빛이 춤을 추었지.

박덕은 作 [다락방 고양이들](2017)

한실 문예창작 지도 교수 프로필

# 박덕은(닉네임 : 낭만대통령)

전남 화순 출생

전 전남대학교 교수, 국어국문학과장 역임, 아프리카TV BJ, 〈중앙일보〉 신춘문예 문학평론 당선, 〈창조문학신문〉 신춘문예 시 당선, 〈광주일보〉 신춘문예 동화 당선, 항공문학상 수상, 여수해양 문학상 수상, 문학박사, 전라남도 문화상, 한국아동문예상, 광주문학상, 계몽사 아동문학상 수상, 하운 문학상 수상, 지구사랑 문학상 수상, 한화생명 문학상 수상, 시집으로 〈당신〉, 〈나는 매일 밤 바람과 함께 사라진다〉 등 23권, 문학이론서로 〈현대시 창작법〉 등 12권, 아동문학서로 〈살아 있는 그림〉 등 10권, 교양서 〈세계를 빛낸 사람들〉 시리즈 등 64권, 번역서로 〈소설의 이론〉 등 6권, 소설집으로 〈금지된 선택〉 등 7권, 건강서 〈비타민과 미네랄, 그리고 떠오르는 영양소〉 등 5권, 총 저서 125권 발간.

해학, 위트, 유머, 재치가 넘치는 그의 삶은 열정과 신념으로 가다듬은 125권의 저서에서 다채로운 향기를 풍기고 있다. 그리고 그 향기에 취한 '시를 사랑하는 사람들'과 함께 늘 시심을 가다듬기에 여념이 없다. 시를 쓰며 문학을 사랑하며 자신이 택한 길을 올곧게 달려가고 있는 그는 현재 서울을 비롯하여 광주, 나주, 순창, 울산, 곡성뿐만 아니라 미국, 베트남, 앙골라, 두바이, 캐나다 등까지 시향을 펼치기 위해 오늘도 정성과 최선을 다하고 있다.

# 금오도

— 박덕은

수천 년 철썩철썩
스스로를 채찍질하며
묵언 수행한 섬은
종교다

최초의 말씀이
뻘밭의 간기 머금은 등고선 사이로
촘촘히 박혀 있어
믿는 자들은 누구나
엄숙히 허리 굽혀
우비적우비적 캐야 한다

점자책 같은 자갈밭길 더듬거리며
교리를 이해하려는 추종자들이
뭍의 소란함 뒤로하고 이곳으로 모여든다
포교는
늘 일탈을 꿈꾸는 표정들로 퍼져 나간다

꼬박꼬박 하루에 두 번

살그랑살그랑 붉어지는 물마루도
여기서는 특별한 경전이 된다

제멋대로 자라난 울음도
가벼이 잦아들 수 있다는 듯
너럭바위는
뜨겁고 차가운 발바닥을 위로 향하고
가부좌로 앉아 있다

갈바람통 전망대 앞바다에서
상괭이*들은 짐짓 설파하듯
살아서도 죽어서도 똑같다는 미소를 지으며
치솟는다

아슬아슬한 나날로 애달팠던 웅웅거림들이
뭉텅뭉텅 사라지고
섬처럼 맑아져 가는 사람들
일필휘지로 써 내려간 비렁길 그 어디쯤에서
바람이 거룩한 문서 같은 갯내음을 넘기자
갈매기들은 오래 읽어 환한 성스러움 한 구절씩 물고
해안선 따라 날아오른다.

---

*상괭이: 우리나라의 토종 돌고래

박덕은 作 [금오도](2017)

## 〈박덕은 프로필〉

* 前 전남대학교 교수
* 前 인문대학 국어국문학과장
* 現 한실 문예창작 지도 교수
* 現 아프리카tv BJ
* 문학이론서 [현대시창작법] 등 16권
* 시집 [당신] 등 22권
* 소설집 [금지된 선택] 등 7권
* 번역서 [철학의 향기] 등 6권
* 아동문학서 [돼지의 일기] 등 10권
* 교양서 [성공DNA] 등 57권
* 건강서[미네랄과 비타민, 그리고 떠오르는 영양소] 등 5권
* 총 저서 125권 발간
* 문학평론가
* 시인
* 동시 작가
* 소설가
* 희곡작가
* 동화작가
* 수필가
* 시조시인
* 사진작가(278점 전시회)
* 화가(900점 전시회)
* 전남대학교 문학석사
* 전북대학교 문학박사
* 한국시연구회 이사
* 한국아동문학 동화분과위원장
* 00신문 신춘문예 심사위원
* 월간 [문학공간] 신인문학상 상임 심사위원
* 향그런 문학회 지도 교수
* 부드런 문학회 지도 교수
* 포시런 문학회 지도 교수
* 탐스런 문학회 지도 교수
* 온스런 문학회 지도 교수
* 덕스런 문학회 지도 교수
* 꽃스런 문학회 지도 교수
* 바로 문학회 지도 교수
* [중앙일보] 신춘문예 문학평론 당선
* [전남일보](現: 광주일보) 신춘문예 동화 당선
* [창조문학신문] 신춘문예 시 당선
* [시문학] 시 추천 완료
* [문학공간] 소설 추천신인상
* [문학세계] 희곡 신인문학상
* [아동문예] 소년소설 신인문학상
* [문예사조] 수필 신인문학상
* [시와 시인] 시조 청학신인상
* [아동문학평론] 동시 신인문학상
* [아동문학] 동시 신인문학상
* [문학공간] 본상(장편소설 부문) 수상
* 여수 해양문학상 수상(제18회)
* 항공 문학상 수상(제4회)
* 하운 문학상(제1회)
* 지구 사랑 문학상 수상
* 한화생명 문학상 수상
* 계몽사 아동문학상 수상(제11회)
* 한국 아동 문화상 수상
* 한국 아동 문예상 수상
* 아동문예작가상 수상(제10회)
* 광주문학상 수상(제1회)
* 전라남도 문화상 수상(제35회)

## 〈박덕은 문학 이론서 발간 현황〉

제1문학이론서 〈현대시창작법〉
제2문학이론서 〈현대 소설의 이론〉
제3문학이론서 〈문학연구방법론〉
제4문학이론서 〈소설의 이론〉
제5문학이론서 〈현대문학비평의 이론과 응용〉
제6문학이론서 〈문체론〉
제7문학이론서 〈문체의 이론과 한국현대소설〉
제8문학이론서 〈한국현대소설의 이론과 적용〉
제9문학이론서 〈시의 이론과 창작〉
제10문학이론서 〈해금작가작품론〉
제11문학이론서 〈디코럼 언어영역〉
제12문학이론서 〈논술 고사 정복〉
제13문학이론서 〈심층면접 구술 고사 정복〉
제14문학이론서 〈둥글파 언어영역〉
제15문학이론서 〈논술교실〉
제16문학이론서 〈꿈샘 논술〉

### 〈박덕은 시집 발간 현황〉

제1시집 〈바람은 시간을 털어낸다〉
제2시집 〈거시기〉
제3시집 〈무지개 학교〉
제4시집 〈케노시스〉
제5시집 〈길트기〉
제6시집 〈간힘의 비밀〉
제7시집 〈소낙비 오는 정오에〉
제8시집 〈자유人.사랑人〉
제9시집 〈나찾기〉
제10시집 〈지푸라기〉
제11시집 〈동심이 흐르는 강〉
제12시집 〈자그만 숲의 사랑 이야기〉
제13시집 〈사랑한다는 것은〉
제14시집 〈느낌표가 머무는 공간〉
제15시집 〈그대에게 소중한 사랑이 되어.1〉
제16시집 〈그대에게 소중한 사랑이 되어.2〉
제17시집 〈둥지 높은 그리움〉
제18시집 〈곶감 말리기〉
제19시집 〈사랑의 블랙홀〉
제20시집 〈나는 그대에게 늘 설레임이고 싶다〉
제21시집 〈내 가슴이 사고 쳤나 봐〉
제22시집 〈당신〉
제23시집 〈나는 매일 밤 바람과 함께 사라진다〉

### 〈박덕은 소설집 발간 현황〉

제1소설집 〈죽음의 키스〉
제2소설집 〈양귀비의 고백〉(풍류여인열전·1)
제3소설집 〈황진이의 고독〉(풍류여인열전·2)
제4소설집 〈일타홍의 계절〉(풍류여인열전·3)
제5소설집 〈이매창의 사랑일기〉(풍류여인열전·4)
제6소설집 〈서울아라비아나이트〉
제7소설집 〈금지된 선택〉

### 〈박덕은 번역서 발간 현황〉

제1번역서 〈소설의 이론〉
제2번역서 〈철학의 향기〉
제3번역서 〈사랑하는 사람 가슴에 심어주고픈 말〉
제4번역서 〈철학자의 터진 옷소매〉
제5번역서 〈세계 반란사〉
제6번역서 〈한국 반란사〉

### 〈박덕은 아동문학서 발간 현황〉

제1아동문학서 〈살아있는 그림〉
제2아동문학서 〈3001년〉
제3아동문학서 〈무지개학교〉
제4아동문학서 〈동심이 흐르는 강〉
제5아동문학서 〈곶감 말리기〉
제6아동문학서 〈서울 걸리버 여행기〉 261
제7아동문학서 〈돼지의 일기〉
제8아동문학서 〈해외 신화〉
제9아동문학서 〈마녀 헤르소의 모험〉(1권)
제10아동문학서 〈마녀 헤르소의 모험〉(2권)

### 〈박덕은 교양서 발간 현황〉

제1교양서 〈해학의 강〉
제2교양서 〈바보 성자〉
제3교양서 〈미네르바의 부엉이는 황혼녘에 날은다〉
제4교양서 〈멋진 여자, 멋진 남자〉
제5교양서 〈우화 천국〉
제6교양서 〈나만 불행한 게 아니로군요〉
제7교양서 〈나만 행복한 게 아니로군요〉
제8교양서 〈나만 어리석은 게 아니로군요〉
제9교양서 〈행복한 바보 성자〉
제10교양서 〈느낌이 있는 꽃〉
제11교양서 〈흔들림이 있는 나무〉
제12교양서 〈사랑하는 사람 가슴에 심어주고픈 말〉

제13교양서 〈철학의 향기〉
제14교양서 〈철학가의 터진 옷소매〉
제15교양서 〈창녀에서 수녀까지, 건달에서 황제까지〉
제16교양서 〈무희에서 스타까지, 게이에서 성자까지〉
제17교양서 〈사랑의 향기〉
제18교양서 〈황제 방중술〉
제19교양서 〈우리 역사의 난〉
제20교양서 〈명작 속 명작〉
제21교양서 〈쉽고 재미있는 철학 이야기〉(1)
제22교양서 〈쉽고 재미있는 철학 이야기〉(2)
제23교양서 〈쉽고 재미있는 철학 이야기〉(3)
제24교양서 〈역사 속 역사〉
제25교양서 〈세계 반란사〉
제26교양서 〈한국 반란사〉
제27교양서 〈행복을 위한 작은 책〉
제28교양서 〈세계 명사들의 러브 스토리〉
제29교양서 〈나의 가장 소중한 사람에게〉
제30교양서 〈세계를 빛낸 과학자〉
제31교양서 〈세계를 빛낸 정치가〉
제32교양서 〈세계를 빛낸 명장〉
제33교양서 〈세계를 빛낸 탐험가〉
제34교양서 〈세계를 빛낸 미술가〉
제35교양서 〈세계를 빛낸 음악가〉
제36교양서 〈세계를 빛낸 문학가〉
제37교양서 〈세계를 빛낸 철학가〉
제38교양서 〈세계를 빛낸 사상가〉
제39교양서 〈세계를 빛낸 공연가〉
제40교양서 〈해외 신화〉
제41교양서 〈읽으면 행복한 책〉
제42교양서 〈세기의 로맨스.1〉
제43교양서 〈세기의 로맨스.2〉
제44교양서 〈세기의 로맨스.3〉
제45교양서 〈세기의 로맨스.4〉
제46교양서 〈우리 명작 50선〉
제47교양서 〈세계 명작 50선〉
제48교양서 〈이솝 우화〉(공저)
제49교양서 〈나는 화려한 물음표보다 정직한 느낌표를 만는 사람이 더 좋다〉
제50교양서 〈신은 우리의 키스 속에도 있다〉
제51교양서 〈대학가의 해학퀴즈 모음집〉
제52교양서 〈뿅따일보〉
제53교양서 〈도토리 서 말〉
제54교양서 〈위트〉
제55교양서 〈비타민과 미네랄, 그리고 떠오르는 영양소〉
제56교양서 〈내 몸에 꼭 맞는 영양 가이드〉
제57교양서 〈청춘이여 생각하라〉
제58교양서 〈성공 DNA〉 제1권
제59교양서 〈성공 DNA〉 제2권

### 〈박덕은 건강서 발간 현황〉

제1건강서 〈내 몸에 꼭 맞는 영양 가이드〉
제2건강서 〈비타민과 미네랄, 그리고 떠오르는 영양소〉
제3건강서 〈내 몸에 꼭 맞는 다이어트-제1권 비만 원인〉
제4건강서 〈내 몸에 꼭 맞는 다이어트-제2권 비만 탈출〉
제5건강서 〈내 몸에 꼭 맞는 항암 식품〉

## 이상 총 저서 125권 발간

# 한실 문예창작 문우들의 빛나는 열매들

## 지도 교수 박덕은 박사의 제자들 신인문학상 수상 현황

### ☆ 시 부문 신인문학상 수상자 ☆

정주이 시인(한실문예창작 꽃스런 문학회)
이은정 시인(한실문예창작 부드런 문학회)
노연희 시인(한실문예창작 꽃스런 문학회)
임영희 시인(한실문예창작 향그런 문학회)
정달성 시인(한실문예창작 향그런 문학회)
이삼순 시인(한실문예창작 향그런 문학회)
황혜란 시인(한실문예창작 탐스런 문학회)
설미애 시인(한실문예창작 포시런 문학회)
이수진 시인(한실문예창작 포시런 문학회)
이영희 시인(한실문예창작 꽃스런 문학회)
최선화 시인(한실문예창작 꽃스런 문학회)
김이향 시인(한실문예창작 탐스런 문학회)
유양업 시인(한실문예창작 탐스런 문학회)
최길숙 시인(한실문예창작 포시런 문학회)
이미자 시인(한실문예창작 포시런 문학회)
박세연 시인(한실문예창작 향그런 문학회)
김송월 시인(한실문예창작 탐스런 문학회)
김관훈 시인(한실문예창작 포시런 문학회)
전춘순 시인(한실문예창작 포시런 문학회)
배종숙 시인(한실문예창작 성스런 문학회)
김부배 시인(한실문예창작 포시런 문학회)
윤희정 시인(한실문예창작 향그런 문학회)
한승희 시인(한실문예창작 둥그런 문학회)
정경옥 시인(한실문예창작 둥그런 문학회)
황조한 시인(한실문예창작 둥그런 문학회)
정봉애 시인(한실문예창작 싱그런 문학회)
전지현 시인(한실문예창작 싱그런 문학회)
전숙경 시인(한실문예창작 포시런 문학회)
정회만 시인(한실문예창작 부드런 문학회)
조정일 시인(한실문예창작 둥그런 문학회)
박향미 시인(한실문예창작 부드런 문학회)
정점례 시인(한실문예창작 부드런 문학회)
박계수 시인(한실문예창작 부드런 문학회)
황애라 시인(한실문예창작 부드런 문학회)
위향환 시인(한실문예창작 둥그런 문학회)
차은자 시인(한실문예창작 향그런 문학회)
이후남 시인(한실문예창작 포시런 문학회)
정순애 시인(한실문예창작 싱그런 문학회)
최기숙 시인(한실문예창작 부드런 문학회)
전금희 시인(한실문예창작 포시런 문학회)
이숙재 시인(한실문예창작 포시런 문학회)
임병민 시인(한실문예창작 부드런 문학회)
강현옥 시인(한실문예창작 포시런 문학회)
백인옥 시인(한실문예창작 포시런 문학회)
손수영 시인(한실문예창작 부드런 문학회)
이현숙 시인(한실문예창작 부드런 문학회)
김태환 시인(한실문예창작 포시런 문학회)
서정화 시인(한실문예창작 싱그런 문학회)
송인영 시인(한실문예창작 부드런 문학회)
문혜숙 시인(한실문예창작 둥그런 문학회)
문재규 시인(한실문예창작 포시런 문학회)
신점식 시인(한실문예창작 포시런 문학회)
주경숙 시인(한실문예창작 포시런 문학회)
주경희 시인(한실문예창작 포시런 문학회)
이두원 시인(한실문예창작 둥그런 문학회)
고경희 시인(한실문예창작 둥그런 문학회)
이연정 시인(한실문예창작 둥그런 문학회)
최태봉 시인(한실문예창작 싱그런 문학회)

문인자 시인(한실문예창작 싱그런 문학회)
김미경 시인(한실문예창작 둥그런 문학회)
임종준 시인(한실문예창작 해돋이 문학회)
윤상현 시인(한실문예창작 해돋이 문학회)
권자현 시인(한실문예창작 해돋이 문학회)
정연숙 시인(한실문예창작 둥그런 문학회)
형광석 시인(한실문예창작 둥그런 문학회)
김현정 시인(한실문예창작 둥그런 문학회)
문영미 시인(한실문예창작 싱그런 문학회)
이숙희 시인(한실문예창작 싱그런 문학회)
허소영 시인(한실문예창작 해돋이 문학회)
백옥순 시인(한실문예창작 향그런 문학회)
이서영 시인(한실문예창작 싱그런 문학회)
이호준 시인(한실문예창작 향그런 문학회)
박홍순 시인(한실문예창작 둥그런 문학회)
박은영 시인(한실문예창작 향그런 문학회)
소귀옥 시인(한실문예창작 싱그런 문학회)
박봉은 시인(한실문예창작 포시런 문학회)
김은주 시인(한실문예창작 둥그런 문학회)
장헌권 시인(한실문예창작 해돋이 문학회)
김용숙 시인(한실문예창작 부드런 문학회)
임순이 시인(한실문예창작 싱그런 문학회)
김영욱 시인(한실문예창작 해돋이 문학회)
김영순 시인(한실문예창작 둥그런 문학회)
김혜숙 시인(한실문예창작 둥그런 문학회)
김순정 시인(한실문예창작 향그런 문학회)
고명순 시인(한실문예창작 둥그런 문학회)
김옥희 시인(한실문예창작 둥그런 문학회)
강정숙 시인(한실문예창작 부드런 문학회)

## ☆ 시조 부문 신인문학상 수상자 ☆

김영순 시조 시인(한실 문예창작 탐스런 문학회)
배종숙 시조 시인(한실 문예창작 포시런 문학회)
강순옥 시조 시인(한실 문예창작 포시런 문학회)
김부배 시조 시인(한실 문예창작 포시런 문학회)
이인환 시조 시인(한실 문예창작 포시런 문학회)

## ☆ 수필 부문 신인문학상 수상자 ☆

김태현 수필가(한실 문예창작 탐스런 문학회)
최세환 수필가(한실 문예창작 탐스런 문학회)
유양업 수필가(한실 문예창작 탐스런 문학회)
임희정 수필가(한실 문예창작 탐스런 문학회)
김미경 수필가(한실 문예창작 탐스런 문학회)

## 지도 교수 박덕은 박사의 제자들 작품집 발간 현황

☆ 이수진 제2시집 [사찰이 시를 읊다](도서출판 서영, 2017)

☆ 한실문예예창작 동인지 제12집 [그대는 나의 누구인가](도서출판 서영, 2017)

☆ 김부배 제3시집 [그리움의 언덕에 서다](도서출판 서영, 2017)

☆ 신명희 시집 [백지 퍼즐](도서출판 디자인화이트, 2016)

☆ 최세환 수필집 [그곳 봄은 맛있었다](도서출판 서영, 2016)

☆ 장헌권 제2시집 [아직 끝나지 않은 이야기](도서출판 서영, 2016)

☆ 유양업 수필집 [바람 따라 구름 따라 별빛 따라](도서출판 서영, 2016)

☆ 한실문예예창작 동인지 제11집 [마냥 좋아서](도서출판 서영, 2016)

☆ 이수진 제1시집 [그리움이라서](도서출판 서영, 2016)

☆ 배종숙 제1시집 [그리움 헤아리다](도서출판 서영, 2016)

☆ 최길숙 제1시집 [사랑은 시가 되어](도서출판 서영, 2016)

☆ 김부배 제2시집 [사랑의 콩깍지](도서출판 서영, 2016)

☆ 이인환 제1시집 [그리움 머문 자리](도서출판 서영, 2016)

☆ 이후남 제2시집 [한 잔 술에 가둘 수 없어](도서출판 서영, 2016)

☆ 전금희 제2시집 [그 누가 다녀간 것일까](도서출판 서영, 2015)

☆ 박봉은 제6시집 [당신에게 · 둘](도서출판 서영, 2015)

☆ 고영숙 시 · 산문집 [한가한 날의 독백]((도서출판 시와사람, 2015)

☆ 한실문예예창작 동인지 제10집 [처음 사랑](도서출판 서영, 2015)

☆ 유양업 시집 [오늘도 걷는다](도서출판 서영, 2015)

☆ 전춘순 시집 [내 사람 될 때까지](도서출판 서영, 2015)

☆ 김부배 시집 [첫사랑](도서출판 서영, 2015)

☆ 한실문예예창작 동인지 제9집 [보고픔이 자라고 자라서](도서출판 서영, 2014)

☆ 박봉은 제5시집 [유리인형](도서출판 서영, 2014)

☆ 김영순 제2시집 [풀꽃향 당신](도서출판 서영, 2013)

☆ 최기숙 시집 [마냥 좋기만 한 그대](도서출판 서영, 2013)

☆ 한실문예예창작 동인지 제8집 [꽃만 봐도 서러운 그날](도서출판 서영, 2013)

☆ 박봉은 제4시집 [비밀 일기](도서출판 서영, 2013)

☆ 최승벽 시집 [할 말은 가득해도](도서출판 서영, 2013)

☆ 이호준 시집 [단 한 번 사랑으로도](도서출판 서영, 2013)

☆ 문재규 시집 [바람이 열어 놓은 꽃잎](도서출판 서영, 2013)

☆ 이후남 시집 [쓸쓸함에 대하여](도서출판 서영, 2012)

☆ 전금희 시집 [가을은 어디나 빈자리가 없다](도서출판 서영, 2012)

☆ 주경희 시집 [작아지고 싶다](도서출판 서영, 2012)

☆ 신점식 시집 [이 환장할 봄날에](도서출판 서영, 2012)

☆ 박봉은 제3시집 [당신에게/하나](도서출판 서영, 2012)

☆ 한실문예창작 동인지 제7집 [아직도 사랑인가 봐](도서출판 서영, 2012)

☆ 김미경 동시집 [유모차 탄 강아지](도서출판 서영, 2012)

☆ 박완규 시집 [사랑의 빈자리 될까 봐](도서출판 서영, 2011)

☆ 김순정 시집 [세월이 품은 그리움](도서출판 서영, 2011)

☆ 김숙희 시집 [또 한 번 스무 살이 되고 싶은 밤](도서출판 서영, 2011)

☆ 강만순 시집 [화장을 지우며](도서출판 서영, 2011)

☆ 장헌권 시집 [시가 영화를 만나다](도서출판 쿰란출판사, 2011)

☆ 박봉은 제2시집 [아시나요](도서출판 좋은땅, 2010)

☆ 정연숙 시집 [늘 곁에 있는 다른 나처럼](도서출판 좋은땅, 2010)

☆ 형광석 시집 [입술이 탄다](도서출판 한출판, 2010)

☆ 박봉은 제1시집 [당신만 행복하다면](도서출판 좋은땅, 2010)

☆ 신순복 제2시집 [내가 머무는 곳](도서출판 현대문예, 2010)

☆ 김성순 시집 [하얀 속울음까지 들켜 버렸잖아](도서출판 한출판, 2009)

☆ 김영순 제1시집 [고목나무에 꽃이 핀 사연](도서출판 심미안, 2009)

☆ 김태환 소설집 [바람벽](도서출판 서영, 2011)

☆ 고희남 수필집 [바람난 비둘기]

☆ 김현주 동시집 [마법 같은 하루]

## 지도 교수 박덕은 박사의 제자들의 문학상 & 기타 수상 현황

☆ 2017.6. 경기천년체 문학상-이인환(물망초: 한실문예창작 포시런 문학회)

☆ 2017.6.용아 박용철 백일장 수상-형시원(칼라판: 한실문예창작 탐스런 문학회)

☆ 2017.6.용아 박용철 백일장 수상-노문영(백강: 한실문예창작 푸르른 문학회)

☆ 2017.6.용아 박용철 백일장 수상-유양업(아나: 한실문예창작 탐스런 문학회)

☆ 2017.6.용아 박용철 백일장 수상-배종숙(은곡: 한실문예창작 포시런 문학회)

☆ 2017.6.용아 박용철 백일장 수상-최세환(시암골: 한실문예창작 탐스런 문학회)

☆ 2017.6.용아 박용철 백일장 수상-황애라(푸른호수: 한실문예창작 부드런 문학회)

☆ 2017.6.용아 박용철 백일장 수상-김재원(재롱꽃: 한실문예창작 꿈스런 문학회)

☆ 2017.6.용아 박용철 백일장 수상-박덕은(낭만대통령: 한실문예창작 지도 교수)

☆ 2017.5.서래섬배 백일장 수상-서희정(백합향:한실문예창작 푸르른 문학회)

☆ 2017.5.서래섬배 백일장 수상-배종숙(은곡:한실문예창작 포시런 문학회)

☆ 2017.5.서래섬배 백일장 수상-이수진(다래향:한실문예창작 포시런 문학회)

☆ 2017.5.서래섬배 백일장 수상-박덕은(낭만대통령:한실문예창작 지도 교수)

☆ 2017.5.빛창 문학상 수상-김영자(호수:한실문예창작 향그런 문학회)

☆ 2017.4.제1회 화암문학상 수상-심재연(재연:한실문예창작 온스런 문학회)

☆ 2017.3.부산문화글판 공모 수상-이수진(다래향:한실문예창작 포시런 문학회)

☆ 2017.3. 샘터 시조 문학상 수상-이수진(다래향:한실문예창작 포시런 문학회)

☆ 2017.2. 샘터 시조 문학상 수상-김부배(첫사랑:한실문예창작 포시런 문학회)

☆ 2017.2.21세기창작문학 작가상 수상-배종숙(은곡:한실문예창작 포시런 문학회)

☆ 2016.11.부산문화글판 공모 수상-이수진(다래향:한실문예창작 포시런 문학회)

☆ 2016.11.부산문화글판 공모 당선-강현옥(오로라:한실문예창작 부드런 문학회)

☆ 2016.11.눈높이아동문학대전 수상-강창우(꽃노래:한실문예창작 꿈스런 문학회)

☆ 2016.11. 샘터시조상 수상-배종숙(은곡:한실문예창작 포시런 문학회)

☆ 2016.10. 전국농어촌청소년 문예제전 수상-박범우(퍼즐왕:한실문예창작 꿈스런 문학회)

☆ 2016.10.동서문학상 수상-김미경(봄동산:한실문예창작 온스런 문학회)

☆ 2016.10.동서문학상 수상-정연숙(유심:한실문예창작 탐스런 문학회)

☆ 2016.10. 여수해양 문학상 수상-박덕은(낭만대통령:한실문예창작 지도 교수)

☆ 2016.10.신사임당 문학상 수상-김부배(첫사랑:한실문예창작 포시런 문학회)

☆ 2016.10. 영광불갑사 상사화 축제 문학상 수상-이호준(운거:한실문예창작 탐스런 문학회)

☆ 2016.10.박경리문학제 전국청소년 백일장 수상-강창우(꽃노래:한실문예창작 꿈스런 문학회)

☆ 2016.10.박경리문학제 전국청소년 백일장 수상-강승우(꿈길:한실문예창작 꿈스런 문학회)

☆ 2016.10.구상한강백일장 대상 수상-서동영(별이로다:한실문예창작 포시런 문학회)

☆ 2016.10.곡성 심청 백일장 대상 수상-박범우(퍼즐왕:한실문예창작 꿈스런 문학회)

☆ 2016.10.나주예술문화상 수상-황애라(푸른호수:한실문예창작 부드런 문학회)

☆ 2016.10.제2회 백호시낭송대회 수상-강현옥(오로라:한실문예창작 부드런 문학회)

☆ 2016.10.제2회 백호시낭송대회 수상-황애라(푸른호수:한실문예창작 부드런 문학회)

☆ 2016.9.항공 문학상 수상-박덕은(낭만대통령:한실문예창작 지도 교수)

☆ 2016.9.광주시 시낭송대회 수상-김영순(아정:한실문예창작 탐스런 문학회)

☆ 2016.9.국립공원 슬로건 수상-김부배(첫사랑:한실문예창작 포시런 문학회)

☆ 2016.9.서울지하철 문학상 수상-김부배(첫사랑:한실문예창작 포시런 문학회)

☆ 2016.8.공작산생태숲문학상 시 으뜸상 수상-박범우(퍼즐왕: 한실문예창작 꿈스런 문학회)

☆ 2016.8.공작산생태숲문학상 시조 키움상 수상-황귀옥(옥구슬:한실문예창작 온스런 문학회)

☆ 2016.8.공작산생태숲문학상 시 키움상 수상-정은미(라라:한실문예창작 덕스런 문학회)

☆ 2016.8.공작산생태숲문학상 시 키움상 수상-강승우(꿈길:한실문예창작 꿈스런 문학회)

☆ 2016.8.공작산생태숲문학상 시 키움상 수상-박건우(연우:한실문예창작 꿈스런 문학회)

☆ 2016.8.나주시 소통글판 문안 우수상 수상-강현옥(오로라:한실문예창작 부드런 문학회)

☆ 2016.8.한화생명 문학상 수상-심재연(재연:한실문예창작 온스런 문학회)

☆ 2016.8.한화생명 문학상 수상-김영순(아정: 한실문예창작 탐스런 문학회)

☆ 2016.8.한화생명 문학상 수상-유양업(아나:한실문예창작 탐스런 문학회)

☆ 2016.8. 한화생명 문학상 수상-유양업(아나:한실문예창작 탐스런 문학회)

☆ 2016.8. 한화생명 문학상 수상-나은희(진달래:한실문예창작 부드런 문학회)

☆ 2016.8. 한화생명 문학상 수상-이순복(봄처녀:한실문예창작 온스런 문학회)

☆ 2016.8. 한화생명 문학상 수상-박덕은(낭만대통령:한실문예창작 지도 교수)

☆ 2016.8. 재능시 낭송대회 수상-김영순(아정:한실문예창작 탐스런 문학회)

☆ 2016.7. 수원 문학상 수상-강현옥(오로라:한실문예창작 부드런 문학회)

☆ 2016.7. 수원 문학상 수상-이혜정(핑크마마:한실문예창작 온스런 문학회)

☆ 2016.7. 전국 장애인 인식개선 콘테스트 문학상 수상-김미경(숲속의공주:한실문예창작 탐스런 문학회)

☆ 2016.7. 충주문학관 문학상 장원 수상-김영순(아정:한실문예창작 탐스런 문학회)

☆ 2016.6. 매일신문 시니어 문학상 논픽션 부문 특선 수상-이순복(봄처녀:한실문예창작 온스런 문학회)

☆ 2016.6. 매일신문 시니어 문학상 시 부문 특선 수상-이순복(봄처녀:한실문예창작 온스런 문학회)

☆ 2016.6. 지구사랑 문학상 수상-이담(늘해랑:한실문예창작 부드런 문학회)

☆ 2016.6. 지구사랑 문학상 수상-김재원(다원:한실문예창작 부드런 문학회)

☆ 2016.6. 지구사랑 문학상 수상-이인환(물망초:한실문예창작 포시런 문학회)

☆ 2016.6. 지구사랑 문학상 수상-강현옥(오로라:한실문예창작 부드런 문학상)

☆ 2016.6. 지구사랑 문학상 수상-이호준(운거:한실문ㅇ예창작 탐스런 문학회)

☆ 2016.6. 지구사랑 문학상 수상-김부배(첫사랑:한실문예창작 포시런 문학회)

☆ 2016.6. 지구사랑 문학상 수상-박덕은(낭만대통령:한실문예창작 지도 교수)

☆ 2016.6. 신인문학상 시 부문 수상-노연희(연꽃:한실문예창작 꽃스런 문학회)

☆ 2016.6. 제1회 다독다독 문학상 수상-정경옥(한실문예창작 탐스런 문학회)

☆ 2016.6. 제1회 비바비 문학상 수상-황애라(한실문예창작 부드런 문학회)

☆ 2016.6. 용아 박용철 전국 백일장 시 부문 수상-황애라(한실문예창작 부드런 문학회)

☆ 2016.6. 용아 박용철 전국 백일장 시 부문 수상-김영순(한실문예창작 탐스런 문학회)

☆ 2016.6. 용아 박용철 전국 백일장 시 부문 수상-배종숙(한실문예창작 포시런 문학회)

☆ 2016.6. 용아 박용철 전국 백일장 시 부문 수상-이호준(한실문예창작 탐스런 문학회)

☆ 2016.6. 용아 박용철 전국 백일장 시 부문 수상-장헌권(한실문예창작 부드런 문학회)

☆ 2016.6. 용아 박용철 전국 백일장 산문 부문 수상-박덕은(한실문예창작 지도 교수)

☆ 2016.5. 부산 문화글판 문학상 수상-장헌권(한실문예창작 부드런 문학회)

☆ 2016.5. 안양 창작시 문학상 수상-황애라(한실문예창작 부드런 문학회)

☆ 2016.5. 안양 창작시 문학상 수상-김부배(한실문예창작 포시런 문학회)

☆ 2016.4. 제8회 전국장애인 문학상 수상-조경화(한실문예창작 부드런 문학회)

☆ 2016.4. 충주문학관 문학상 장원 수상-김부배(한실문예창작 포시런 문학회)

☆ 2016.3. 한겨레21 시 문학상 수상-장헌권(한실문예창작 부드런 문학회)

☆ 2016.3. 국민일보 신춘문예 시 수상-김숙희(한실문예창작 부드런 문학회)

☆ 2016.2. 샘터 문학상 수상-전지현(한실문예창작 온스런 문학회)

☆ 2016.2. 빛창 문학상 수상-황애라(한실문예창작 부드런 문학회)

☆ 2016.2. 어린이동아일보 문예상 수상-강창우(한실문예창작 꿈스런 문학회)

☆ 2016.2. 겨드랑이 클리닉 문학상 수상-이강수(한실문예창작 꽃스런 문학회)

☆ 2016.2. 충주문학관 문학상 장원 수상-이수진(한실문예창작 꽃스런 문학회)

☆ 2015.12. 그루비 문학상 수상-배종숙(한실문예창작 성스런 문학회)

☆ 2015.12. 충주문학관 문학상 왕중왕전 대상 수상-신명희(한실문예창작 탐스런 문학회)

☆ 2015.12. 충주문학관 문학상 왕중왕전 최우수상 수상-김정순(한실문예창작 둥그런 문학회)

☆ 2015.12. 충주문학관 문학상 왕중왕전 최우수상 수상-김지현(한실문예창작 꿈스런 문학회)

☆ 2015,12. 충주문학관 문학상 왕중왕전 우수상 수상-황애라(한실문예창작 부드런 문학회)

☆ 2015.12. 충주문학관 문학상 왕중왕전 우수상 수상-강현옥(한실문예창작 부드런 문학회)

☆ 2015.12. 충주문학관 문학상 왕중왕전 우수상 수상-장헌권(한실문예창작 부드런 문학회)

☆ 2015.12. 효사랑 문학상 수상-신명희(한실문예창작 탐스런 문학회)

☆ 2015.12. 백송 시낭송 대회 대상 수상-강현옥(한실문예창작 부드런 문학회)

☆ 2015.12. 한.아시아 시낭송 축제 대상 수상-정혜숙(한실문예창작 향그런 문학회)

☆ 2015.12. 충주문학관 문학상 으뜸상 수상-김정순(한실문예창작 둥그런 문학회)

☆ 2015.12. 폭력예방교육 슬로건 수상-박용훈(한실문예창작 포시런 문학회)

☆ 2015.11. 의정부 문학상 수상-강순옥(한실문예창작 포시런 문학회)

☆ 2015.11. 정읍사 문학상 수상-장헌권(한실문예창작 부드런 문학회)

☆ 2015.11. 빛창 문학상 수상-강현옥(한실문예창작 부드런 문학회)

☆ 2015.11. 곡성 작은도서관 백일장 수상-이인환(한실문예창작 포시런 문학회)

☆ 2015.11곡성 작은도서관 백일장 수상-최세환(한실문예창작 탐스런 문학회)

☆ 2015.11. 곡성 작은도서관 백일장 수상-장헌권(한실문예창작 부드런 문학회)

☆ 2015.11. 곡성 작은도서관 백일장 수상-박세연(한실문예창작 향그런 문학회)

☆ 2015.11. 곡성 문학상 일반부 대상 수상-이혜정(한실문예창작 온스런 문학회)

☆ 2015.11. 곡성 문학상 수상-임진숙(한실문예창작 길스런 문학회)

☆ 2015.11. 곡성 문학상 초등부 대상 수상-강창우(한실문예창작 꿈스런 문학회)

☆ 2015.11. 곡성 문학상 수상- 강승우(한실문예창작 꿈스런 문학회)

☆ 2015.11. 곡성 문학상 수상-김영희(한실문예창작 꿈스런 문학회)

☆ 2015.11. 곡성 문학상 수상-박건우(한실문예창작 꿈스런 문학회)

☆ 2015.11. 충주문학관 문학상 수상-장헌권(한실문예창작 부드런 문학회)

☆ 2015.10. 제2회 경북일보 문학대전 문학상 수상-황애라(한실문예창작 부드런 문학회)

☆ 2015.10뇌연구원 문학상 장원 수상-최세환(한실문예문학 탐스런 문학회)

☆ 2015.10. 교정학술문예 문학상 수상-신명희(한실문예장작 탐스런 문학회)

☆ 2015.10.한민족 통일 문예제전 문학상 수상-강현옥(한실문예창작 부드런 문학회)

☆ 2015.10.한민족 통일 문예제전 문학상 수상-황애라(한실문예창작 부드런 문학회)

☆ 2015.10.한양대 ERICA 문학상 우수상 수상-황애라(한실문예창작 부드런 문학회)

☆ 2015.10.목포 문학상 동화 부문 대상 수상-정은희(한실문예창작 길스런 문학회)

☆ 2015.10.충주문학관 문학상 으뜸상(중등부 대상) 수상-김지현(한실문예창작 꿈스런 문학회)

☆ 2015.10.충주문학관 문학상 우수상 수상-강현옥(한실문예창작 부드런 문학회)

☆ 2015.10.직지문학상 대상 수상-최세환(한실문예창작 탐스런 문학회)

☆ 2015.10.직지문학상 수상-신명희(한실문예창작 탐스런 문학회)

☆ 2015.9.하동국제문화제 문학상 수상-황애라(한실문예창작 부드런 문학회)

☆ 2015.9.하동국제문화제 문학상 수상-이지윤(한실문예창작 포시런 문학회)

☆ 2015.9.충주문학관 문학상 으뜸상(일반부 대상) 수상-신명희(한실문예창작 탐스런 문학회)

☆ 2015.9.충주문학관 문학상 우수상 수상-황애라(한실문예창작 부드런 문학회)

☆ 2015.8.나누리병원 문학상 수상-황애라(한실문예창작 부드런 문학회)

☆ 2015.8.공작산 생태숲 문학상 수상-박건우(한실문예창작 길스런 문학회)

☆ 2015.8.빛창 문학상 수상-강현옥(한실문예창작 부드런 문학회)

☆ 2015.7.실버 시니어 문학상 수상-최세환(한실문예창작 탐스런 문학회)

☆ 2015.4.미래에셋 예술 공모전 우수상 수상-신명희(한실문예창작 탐스런 문학회)

☆ 2015.4.미래에셋 예술 공모전 최우수상 수상-김태현(한실문예창작 탐스런 문학회)

☆ 2015.3.국민일보 신춘문예 수상-황애라(한실문예창작 부드런 문학회)

☆ 2014.12.백호백일장 대회 수상-장순자(한실문예창작 부드런 문학회)

☆ 2014.12.신진예술가상 수상-강현옥(한실문예창작 부드런 문학회)

☆ 2014.11.동서문학상 수상-정예영(한실문예창작 둥그런 문학회)

☆ 2014.5.장애인 고용지원 인식개선 문화제 수상-김미경(한실문예창작 둥그런 문학회)

☆ 2013.3.전국장애인근로자문화제 수상-김미경(한실문예창작 둥그런 문학회)

☆ 2013.3.국민일보 신춘문예 수상-정예영(한실문예창작 둥그런 문학회)

☆ 2013.3.창조문학신문 신춘문예 수상-이지혜(한실문예창작 향그런 문학회)

☆ 2013.3.창조문학신문 신춘문예 수상-김정순(한실문예창작 둥그런 문학회)

☆ 2012.11.동서문학상 금상 수상-임미형(한실문예창작 향그런 문학회)

☆ 2011.5.크리스천 신춘문예 수상-이인덕(한실문예창작 향그런 문학회)

☆ 2011.4.국시원 공모 수상-강현옥(한실문예창작 부드런 문학회)

☆ 2010.11.동서문학상 맥심상 수상-강만순(한실문예창작 싱그런 문학회)

☆ 2010.2.시립합창단 노랫말 공모 수상-김성순(한실문예창작 싱그런 문학회)

☆ 2010.1.한꿈 한마당 백일장 수상-임미형(한실문예창작 향그런 문학회)

☆ 2010.1.한꿈 한마당 백일장 수상-양은정(한실문예창작 싱그런 문학회)

☆ 2010.1.한꿈 한마당 백일장 수상-임순이(한실문예창작 싱그런 문학회)

☆ 2010.1.한꿈 한마당 백일장 수상-진자영(한실문예창작 향그런 문학회)

☆ 2010.1.한꿈 한마당 백일장 수상-소귀옥(한실문예창작 싱그런 문학회)

☆ 2010.1.한꿈 한마당 백일장 수상-김혜숙(한실문예창작 둥그런 문학회)

☆ 2010.1.한꿈 한마당 백일장 수상-김영순(한실문예창작 탐스런 문학회)

☆ 2010.1.한꿈 한마당 백일장 수상-김영욱(한실문예창작 향그런 문학회)

☆ 2010.1.한꿈 한마당 백일장 수상-김성순(한실문예창작 부드런 문학회)

☆ 2010.1.한실문학상 대상-김용숙(한실문예창작 부드런 문학회)

☆ 2010.1.한실문학상 최우수상-임미형(한실문예창작 향그런 문학회)

☆ 2009.10.약사 문예상 수상-김성순(한실문예창작 싱그런 문학회)

☆ 2008.10.전북 여성백일장 대회 수상-최자현(한실문예창작 싱그런 문학회)

☆ 2008.6.제9회 동서커피문학상 수상-양은정(한실문예창작 싱그런 문학회)

☆ 2007.10.광주 여성백일장 대회 수상-김아름(한실문예창작 둥그런 문학회)

☆ 2007.10.전남 여성백일장 대회 수상-박미선(한실문예창작 부드런 문학회)

☆ 2007.9.광주 문인협회 백일장 대회 수상-김용숙(한실문예창작 부드런 문학회)

☆ 2007.9.광주 문인협회 백일장 대회 수상-이지혜(한실문예창작 향그런 문학회)

☆ 2007.9.광주 문인협회 백일장 대회 수상-홍금주(한실문예창작 부드런 문학회)

☆ 2007.9.광주 문인협회 백일장 대회 수상-이남옥(한실문예창작 둥그런 문학회)

☆ 2007.9.광주 문인협회 백일장 대회 수상-임미형(한실문예창작 향그런 문학회)

☆ 2007.9. 광주 시인협회 백일장 대회 수상-임미형(한실문예창작 향그런 문학회)

☆ 2007.9.국립공원 시인마을 작품 공모전 수상-정영숙(한실문예창작 싱그런 문학회)

☆ 2007.9.국립공원 시인마을 작품 공모전 수상-신명희(한실문예창작 탐스런 문학회)

☆ 2007.9.국립공원 시인마을 작품 공모전 수상-형재은(한실문예창작 부드런 문학회)

☆ 2007.9.전남광주 여성 백일장 대회 수상-김성순(한실문예창작 부드런 문학회)

☆ 2007.9.전남광주 여성 백일장 대회 수상-양은정(한실문예창작 싱그런 문학회)

☆ 2007.5.제8회 시흥시 문학상 수상-김성순(한실문예창작 부드런 문학회)

# 한실 문예창작 문우들의 작품집

## 오늘의 詩選集 **Series**

오늘의 詩選集 제1권

화장을 지우며
강만순 지음 / 144면

오늘의 詩選集 제2권

또 한 번 스무 살이 되고 싶은 밤
김숙희 지음 / 160면

오늘의 詩選集 제3권

사랑의 빈자리 될까 봐
박완규 지음 / 144면

오늘의 詩選集 제4권

유모차 탄 강아지
김미경 지음 / 112면

오늘의 詩選集 제5권

이 환장할 봄날에
신점식 지음 / 176면

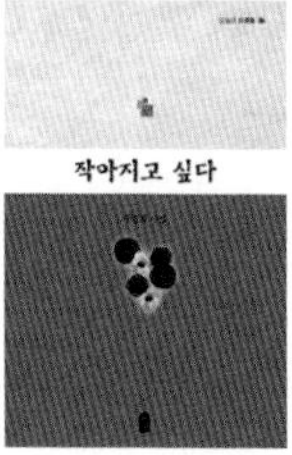


오늘의 詩選集 제6권

작아지고 싶다
주경희 지음 / 176면

오늘의 詩選集 제7권

가을은 어디나 빈자리가 없다
전금희 지음 / 176면

오늘의 詩選集 제8권

쓸쓸함에 대하여
이후남 지음 / 176면

오늘의 詩選集 제9권

바람이 열어 놓은 꽃잎
문재규 지음 / 220면

오늘의 詩選集 제10권

단 한 번 사랑으로도
이호근 지음 / 176면

오늘의 詩選集 제11권

할 말은 가득해도
최승벽 지음 / 176면

오늘의 詩選集 제12권

비밀 일기
박봉은 지음 / 176면

오늘의 詩選集 제13권

꽃만 봐도 서러운 그날
한실 문예창작 동인지 제8집

오늘의 詩選集 제14권

마냥 좋기만 한 그대
최기숙 지음 / 176면

오늘의 詩選集 제15권

풀꽃향 당신
김영순 지음 / 176면

오늘의 詩選集 제16권

유리인형
박봉은 지음 / 176면

오늘의 詩選集 제17권

보고픔이 자라고 자라서
한실 문예창작 동인지 제9집

오늘의 詩選集 제18권

첫사랑
김부배 지음 / 176면

오늘의 詩選集 제19권

나는 매일 밤 바람과 함께 사라진다
박덕은 지음 / 240면

오늘의 詩選集 제20권

오늘도 걷는다
유양업 지음 / 176면

오늘의 詩選集 제21권

내 사랑 될 때까지
전춘순 지음 / 176면

오늘의 詩選集 제22권

처음 사랑
한실 문예창작 동인지 제10집

오늘의 詩選集 제23권

당신에게 · 둘
박봉은 지음 / 176면

오늘의 詩選集 제24권

그 누가 다녀간 것일까
전금희 지음 / 206면

오늘의 詩選集 제25권

한 잔 술에 가둘 수 없어
이후남 지음 / 164면

오늘의 詩選集 제26권

그리움 머문 자리
이인환 지음 / 176면

오늘의 詩選集 제27권

사랑의 콩깍지
김부배 지음 / 176면

오늘의 詩選集 제28권

사랑은 시가 되어
최길숙 지음 / 176면

오늘의 詩選集 제29권

그리움이라서
이수진 지음 / 176면

오늘의 詩選集 제30권

그리움 헤아리다
배종숙 지음 / 176면

오늘의 詩選集 제31권

아직 끝나지 않은 이야기
장헌권 지음 / 176면

오늘의 詩選集 제32권

마냥 좋아서
한실 문예창작 동인지 제11집

오늘의 詩選集 제33권

그리움의 언덕에 서다
김부배 지음 / 176면

오늘의 詩選集 제34권

사찰이 시를 읊다
이수진 지음 / 176면

# 한실 문예창작 동인지

한실 문예창작 동인지 제1집
『한꿈』

한실 문예창작 동인지 제2집
『한꿈』

한실 문예창작 동인지 제3집
『당신의 쓸쓸함은 안녕하십니까』

한실 문예창작 동인지 제4집
『목련은 흔들리고 있다』

한실 문예창작 동인지 제5집
『그래도 한쪽 가슴은 행복합니다』

한실 문예창작 동인지 제6집
『좋은 걸 어떡해』

한실 문예창작 동인지 제7집
『아직도 사랑인가 봐』

한실 문예창작 동인지 제8집
『꽃만 봐도 서러운 그날』

한실 문예창작 동인지 제9집
『보고픔이 자라고 자라서』

한실 문예창작 동인지 제10집
『처음 사랑』

한실 문예창작 동인지 제11집
『마냥 좋아서』

한실 문예창작 동인지 제12집
『그대는 나의 누구인가』

## 오늘의 수필집 Series

오늘의 수필집 제1권

그곳 봄은 맛있었다
최세환 지음 / 288면

오늘의 수필집 제2권

바람 따라 구름 따라 별빛 따라
유양업 지음 / 288면

## 개별 작품집

고목나무에 꽃이 핀 사연
김영순 시집

당신만 행복하다면
박봉은 제1시집

시가 영화를 만나다
장헌권 시집

한가한 날의 독백
고영숙 시·산문집

세월이 품은 그리움
김순정 시집

백지 퍼즐
신명희 제1시집

늘 곁에 있는 다른 나처럼
정연숙 시집

당신
박덕은 시집